Título: Las cuatro esquinas de mi pasado

© 2017, Alaitz Arruti

© Ilustración y diseño de portada: Alba Moreno Lecha

1ª edición

ISBN: 978-1543152265

Alaitz Arruti

LAS
CUATRO ESQUINAS
DE MI PASADO

Basada en muchos hechos reales

Besos ¡pero no darlos! Gloria.... ¡la que me deben!
¡Que todo como un aura se venga para mí!
¡Que las olas me traigan y las olas me lleven,
y que jamás me obliguen el camino a elegir!

****

Nada os pido. Ni os amo ni os odio. Con dejarme,
lo que hago por vosotros, hacer podéis por mí...
¡Que la vida se tome la pena de matarme,
ya que yo no me tomo la pena de vivir! ...

Mi voluntad se ha muerto una noche de luna
en que era muy hermoso no pensar ni querer...
De cuando en cuando un beso, sin ilusión ninguna.
¡El beso generoso que no he de devolver!

Manuel Machado

Nunca me han gustado los martes. De los siete días de la semana, si alguno sobra es definitivamente el segundo, el único que carece de un sentido. Todos los demás tienen un objetivo; anuncian un inicio, un final, ofrecen el placer del tiempo libre, de las noches universitarias o simplemente indican que estás en la mitad de la semana, ¿pero el martes? El martes acumulas la desgana del lunes, estás a un abismo del viernes, o peor aún, de ahorrarte el despertador del sábado por la mañana. Cuando alguien dice que debes hacer algo tres veces por semana, nadie piensa en el martes, no existe como opción. Lunes, miércoles y viernes, tienen un equilibrio, una melodía, un compás, pero el martes es solo un día gris y aburrido, el silencio en un pentagrama musical. Todo el mundo sabe que nada interesante puede pasar un martes, ya lo dice el dicho: <<En martes, ni te cases, ni te embarques>>.

Me desperté a las seis y media de la mañana, como todos los martes. Había dormido poco pero bien. La noche anterior me quedé viendo una película en el sofá hasta tarde y cuando terminó me negué a mirar el reloj evitando así contar las horas que tenía de sueño. Muy pocas seguro. Cuando sonó el despertador me arrepentí, como siempre, como quien un día de resaca se promete no volver a beber y yo juré que aquella noche me acostaría antes. La luz aún no se colaba entre los huecos de las persianas y tuve que buscar a ciegas el interruptor de la lámpara de noche, para evitar al levantarme romperme un dedo contra algún mueble o golpearme con la esquina de la cama, que nunca estaba en el mismo sitio. Me la tenía jurada, las patas cambiaban siempre de lugar, estoy convencida. Con las legañas haciendo huelga en mis ojos, vigilando las esquinas e intentando no hacer ruido, fui a darme una ducha.

El yoga es uno de esos *hobbies* que practico tres veces por semana, y que aquella mañana salté por la única razón de ser martes. Hacía más de cinco años que los lunes, miércoles y viernes, acudía a un pequeño estudio cerca de casa para relajarme. Empecé a practicarlo gracias a una amiga, que se había aficionado al yoga durante unas vacaciones en Los Ángeles y reconozco que, al menos a mí, me iba muy bien. No tanto en un sentido espiritual sino en el físico. Desde que lo practicaba me sentía, literalmente, más ligera. Como si las responsabilidades se quedasen en la puerta del estudio y al salir, los problemas pesasen menos. No es que yo tuviese muchos problemas y eso seguro que también ayudaba, pero el placer de dedicarme setenta y cinco minutos a mí misma de forma exclusiva, prevenía cualquier posible brote de estrés.

Con el pelo aún mojado y el albornoz de color rosa chicle que mi hija eligió por mí durante un viaje a Disneyland París, fui a la cocina. El albornoz era horrible y me sentaba mucho peor que a la muñeca que lo vestía en el escaparate de la tienda, pero cuando mi hija me miró con sus ojos de gatita inocente y me juró y perjuró que era el albornoz más bonito del mundo y que yo sería la madre más guapa de todo Disneyland si me lo ponía, no me pude resistir. Acepté la compra y a partir de ese día, renuncié a mirarme en los espejos de casa.

La nevera vacía me recordó que tenía que pasarme por el mercado a comprar algo de fruta y verdura, aún así conseguí salvar dos plátanos, una manzana, un mango y tres kiwis para el desayuno. No estaba mal para ser martes.

El sonido del teléfono móvil me avisó de que alguien, antes que yo, se había acordado de mi cumpleaños.

<<¡Felices cuarenta Elena! Que los años no te pesen, para mí siempre serás mi "nena". ¿Comemos juntas? Te quiere, mamá>>

- ¡Feliz cumpleaños mamá!

Mi hija saltó de la cama, corrió descalza por el suelo de madera del pasillo y se colgó de mi cuello esperando que yo la cogiese en brazos.

- ¡Cuánto pesas! - tenía ocho años y era la niña de mis ojos. Mi mayor tesoro y todos mis miedos juntos.

- Es que te estás haciendo vieja mamá- me respondió abrazándome fuerte.

Vieja, vieja... no - pensé - madura, interesante, sabia. No tenía miedo al paso de los años, al menos no de los míos. Sufría más los cumpleaños de mi hija que los propios. Pensar que se hacía mayor, que pronto entraría en la fase de la adolescencia y yo me convertiría en su principal enemiga. Que sufriría el desamor, que probaría el alcohol, el sexo, quizás las drogas, que se iría de casa, - espero que no muy lejos - y construiría su vida mí. Yo quería mi niña para mí, así, como estaba, descalza, con su camiseta de Bambi, los pantalones amarillos y los rizos revueltos. Que el tiempo no pasase por ella, que se quedase siempre a mi lado, girando entorno a mí.

- Llama a la abuela, dile que te vaya a recoger al cole y que a la una nos vemos en la puerta de mi oficina para comer las tres juntas - mi madre y mi hija se adoraban, eran como dos hermanas gemelas separadas al nacer por la distancia de sesenta años. Tenían los mismos gestos, la misma mirada, el mismo corazón inocente. - Y date prisa, que son casi las siete y media.

Cumplía cuarenta años y podía decir orgullosa que los había vivido intensamente. Nadie podría acusarme de lo contrario. Había estudiado, trabajado, viajado, amado, llorado, todo lo que acabase en "ado" lo había hecho yo. ¡Hasta una hija! que no entraba en mis planes más jóvenes y que en cambio fue mi mejor decisión. Para ella yo era solo su madre, pero para los demás fui muchas Elenas. La protagonista de las tantas vidas que viví, porque en mis cuarenta años, había tenido tiempo para dar lo mejor de mí misma, en sus tantas versiones, disfraces y caretas. La vida me había dado mucho y yo me entregué a ella sin paracaídas. <<Murió por haber vivido>> eso dirían de mí cuando mi historia fuese el recuerdo de las personas que algún día fueron parte de ella.

- Por la vida - me dije a misma, brindando a la nada con mi batido de frutas.

A mis cuarenta años, era la Elena que quería ser y un poco de todas las Elenas que fui.

Como cada mañana acompañé a mi hija a la escuela antes de ir a trabajar. Si algo me había ganado a pulso en mis veinte años de vida profesional, era la gestión de mi tiempo, y desde que compartía casa con una pequeña de ocho años, mis relojes giraban entorno a ella. Había aprendido también, a economizar los minutos y las distancia, por lo que mi casa, la escuela y la oficina, formaban un triángulo fácilmente recorrible en menos de quince minutos a pie. Vivir sin el estrés de los coches, del metro o el autobús, era uno de los premios que había ganado a lo largo de mis cuarenta años.

- Recuerda que a la una viene tu abuela a buscarte y comemos juntas - le dije mientras le colocaba la mochila a la espalda - no te entretengas jugando con las amigas.

- Sí, mamá... - respondió ella en un suspiro que me alertó de lo dura que sería su adolescencia. Aún no había cumplido su primera década y tenía más personalidad que la mayoría de la gente que yo conocía. La adoraba por ello, pero la temía aún más. - ¡Felicidades mami! - gritó a lo lejos moviendo su mano y sin girar la cabeza para mirarme. La mochila pesaba más que ella, era casi más alta ella, pero no le importaba, estaba en el colegio y era feliz. En realidad, mi hija era siempre feliz y eso hacía de mí, una mujer inmensamente afortunada.

- Gracias cariño - le respondí.

No me oyó. Corría a lo largo del pasillo deseosa de encontrarse con sus amigas de alma. Me recordaba a mí cuando era pequeña. Yo adoraba el colegio, sobre todo las horas del recreo, los juegos, las merendolas, las excursiones de fin de curso, las clases de música, de baile... había nacido para ser una estrella de televisión. Hasta que cumplí los trece años y empecé a odiar ser el centro de atención. Toda la gracia de mi tierna infancia se vio frustrada por el color rojizo de mis mejillas cada vez que más de cinco personas me miraban fijamente. No es que me sonrojara, ¡es que mutaba! y claro, el resto de compañeros y compañeras de clase, generosos ellos, hacían que el mal trago no quedase sólo ahí y mientras yo sufría por controlar los nervios y el sudor, ellos alzaban los bolígrafos de color rojo. Como si yo no supiese que mis mejillas estaban a punto de explotar y que todos, sí ellos también, corríamos un grave peligro de combustión.

Mi madre, por aquel entonces, pensó que las clases de teatro podrían ayudarme en mi batalla contra la vergüenza y empecé a asistir a una escuela de arte dramático los sábados por la mañana. Duré tres semanas. El día que el profesor me invitó a salir al escenario y actuar como si fuese un pez dentro de una pecera, renuncié y me convencí de que la vergüenza sería un mal que se curaría con la edad. Creo que acerté. Hasta que eso pasase, decidí refugiarme en la lectura, los estudios y los viajes. Fui una mezcla entre la joven solitaria y la rara, aunque mi madre prefería decirles a mis abuelos que yo era simplemente "especial".

Especial, una palabra solo comparable a la otra que usaba mi madre, "graciosa".

- Mamá, ¿te gusta este peinado? - le preguntaba yo frente al espejo con más horquillas que cabellos sobre mi cabeza.
- Si, estás graciosa cariño - respondía ella con una particular sinceridad.
- ¿Pero graciosa es bueno o es malo?
- Graciosa es graciosa - decía ella - ni bueno ni malo, graciosa. - y escapaba del cuarto de baño con la excusa de alguna tarea "inaplazable".

Yo quería estar guapa, no graciosa, pero prefería ser especial a rara, de eso estaba segura.

La mañana de mi cuarenta cumpleaños, después de dejar a mi hija en la escuela, decidí quitar el sonido a mi teléfono móvil y disfrutar del silencio. Eran las ocho y media de la mañana, tenía veinte minutos a paso lento, desde la puerta del colegio de mi hija hasta la oficina. Me esperaba un día de mucho trabajo y más vida social de la deseada. A las llamadas que diariamente recibía por motivos profesionales y las pocas (las necesarias y alguna más) de mi vida privada, se le sumarían la cantidad de mensajes, correos electrónicos y llamadas en forma de felicitaciones que se acumularían en la memoria de uno de esos teléfonos inteligentes que mi jefe me obligaba a tener. Lo juro, no tenía nada en contra de cumplir los cuarenta, me parecía una edad preciosa, pero los años, a parte de las arrugas y la sabiduría, me regalaban también el derecho a renunciar a los compromisos que no me apetecían y entre ellos estaban las llamadas de "feliz cumpleaños".

Para algunas personas, el cariño ajeno se mide por la cantidad de felicitaciones que una recibe en su aniversario. Yo en cambio, podía renunciar a ellas y sentirme igualmente querida. Incluso más.

Bajaba por la calle Verdi, en el barrio de Gracia, a la altura de los cines con el mismo nombre, después de haber dejado atrás una casa, la número 39, que siempre soñé tener y que nunca tuve - aún estoy a tiempo - pensé. Caminaba entretenida en mis pensamientos, imaginando como sería la casa de mis sueños por dentro (solo conocía la fachada), como la decoraría, si tendría ascensor, si habría ventanas en todas las habitaciones... Me la imaginé llena de luz natural, con el techo alto y el suelo de mármol.

Era una de esas mañana de primavera en las que el sol calienta los paseos, estorban las chaquetas y empezamos a sentir la brisa de un verano que aún no llega, pero se desea. El invierno, siempre largo, pesa en la palidez de la piel y los quince grados de las primeras horas, son el altavoz de un final que es tan solo un principio. Durante la primavera, Barcelona cambia su piel, saca los colores. Las personas que compartían camino y rutina conmigo, sonreían más y mejor aquella mañana, ajenas a mi cumpleaños, sorprendidas por el sol. Me gustaba cumplir años. Siempre me gustó.

Nunca he entendido, o mejor dicho, nunca he compartido la opinión de las personas que miran al pasado como un lugar mejor. Adoro mi pasado, que no se me entienda mal, pero me gusta desde la distancia, desde el recuerdo poco fiel y generalmente edulcorado de un tiempo que dejé atrás. No lo miro desde la añoranza o la melancolía, si no como la escuela que un día fue. He cerrado muchas puertas a lo largo de mis cuarenta años, algunas con determinación, otras con dudas y algunas pocas, me vi forzada a cerrarlas pues no solo dependía de mí que estuviesen abiertas.

Una puerta cerrada protege el mundo detrás de ella, guarda sus secretos, mantiene intactos los olores. La puerta, su recuerdo, evoca a la persona que fuimos, los momentos, las compañías pero sobre todo nos recuerda las decisiones que tomamos y nos explica el porqué de quienes somos en la actualidad. La puerta es solo el marco de nuestras fotos, la prueba del camino recorrido.

Mientras andaba hacia la oficina, con la casa de mis sueños ya a la espalda, reflexioné sobre la Elena que fui. A lo largo de los años, he ido deshaciéndome de las caretas que en algún momento, la sociedad o yo misma, me pusieron. He ido soltando el lastre de las obligaciones que nadie me dijo debía cumplir, pero que muchos esperaron que lo hiciese. He aprendido a quererme por como soy, a valorar mis defectos tanto como mis virtudes, a dejarme llevar sin sentirme culpable... No, definitivamente no volvería al pasado. Mi presente era, con toda seguridad, un lugar mejor en el que vivir. No tenía que mirar atrás, solo hacia adelante. Claro que aquella mañana de martes, no podía imaginar que eso que era solo una reflexión, se convertiría en un extraño preludio, un regalo de cumpleaños muy particular. Y es que yo era la suma de todas las Elenas que un día fui, pero también era la Elena de Quim, Edward, Gibel y Manel. Cuatro personas, cuatro historias, cuatro momentos de mi vida.

Aquella mañana me reencontraría con sentimientos que creí olvidados, amores lejanos, personas que de una manera o de otra, habían cambiado mi vida.

Las cuatro esquinas de mi pasado, me vinieron a saludar por mi cuarenta cumpleaños.

Quim

Lo mejor de las Navidades eran los viajes a Norfolk, un condado al este de Inglaterra.

Helen, mi madre, que había vivido en el cottage familiar, a cincuenta kilómetros de Norwich, la capital, hasta cumplir los veintiún años, se mudó a Barcelona en el año 77, tres meses después de conocer en una playa de la Costa Brava a Manel, mi padre. Soy la hija de un clásico amor de verano en el Mediterráneo. Mi madre, tan inglesa ella, tan pálida y con unos modales tan exquisitos, se enamoró de Manel al instante. Desde el momento en el que lo vio, a orillas de mar, limpiando una vieja y descolorida barca de madera. Manel era un joven tosco, nada que ver con los chicos refinados que ella acostumbraba a ver. Mi madre, que había estudiado en el colegio femenino Saint Mary's, conocía a los hombres casi de oídas. Veía a los chicos de su edad reunirse a las puertas del *pub*, jugar a *cricket* en el campo y de vez en cuando, coincidía con ellos en las fiestas populares. Los veía, pero no los tocaba. Como si fuese piezas de porcelana fina. Si alguno se le acercaba, ella respondía con su exquisita educación, pero no se salía de los límites que mi abuela delimitaba. Límites rígidos y oprimentes que la ahogaban.

Cuando mi madre viajó a España con la excusa de conocer mundo y el deseo desesperado de escapar del corsé con el que su madre la educaba, seguramente no pensaba enamorarse pero cuando conoció a Manel, no pudo evitarlo. Era un joven fuerte, musculado, con la piel de color aceituna. Tenía una profunda mirada castaña que se perdía entre las olas. Ajena a cuanto lo rodeaba. Manel, hipnotizaba. Mirarle, era perderse y eso era exactamente lo que mi madre buscaba.

Eran tan diferentes entre ellos, que el amor fue casi inevitable. Al menos el amor de los atardeceres eternos, los cielos estrellados y los besos con sabor a sal. El amor de un verano casi adolescente, con olor a eucalipto y mar.

Manel, era un soñador, un romántico, un poeta metido a barquero en Tossa de Mar. Sus palabras volaban. Él no hablaba, te arrancaba los pies del suelo y te llevaba en un viaje imaginario a través de su universo particular. Mi padre vivía en un mundo tan suyo, que solo amándolo incondicional y ciegamente, mi madre pudo ser parte de él. Se sintió por primera vez en su vida, ligera. Alzó el vuelo y se dejó llevar.

La suya más que una historia de amor, era un poema de versos libres.

Con el final del verano, el otoño dejó caer sus hojas y despidió a los turistas de las playas de Tossa de Mar. Las calles quedaron desiertas y mi madre se marchó a Barcelona. Era el mes de septiembre del año 77. Estaba embarazada.

La razón por la que mi madre se marchó de Tossa de Mar, la descubrí cuando estuve preparada para hacerlo. Hasta entonces, viví creyendo lo que quise creer. Mi propia versión de los hechos, por muy injusta y desconsiderada que fuese, me parecía mejor que saber y asumir la verdad. No todas las personas estamos preparadas para que nos cuenten la verdad. Yo tardé treinta y dos años en hacerlo.

Cuando mi abuela Helen, con quien mi madre compartía solo el nombre, se enteró de que su hija se quedaba, con su tripa de cuatro meses, a vivir en España, blasfemó tanto y tan fuerte, que la tierra tembló a sus pies. Aquel día hubo el único terremoto que se recuerda en el condado de Norfolk, donde por fortuna solo hubo una víctima, mi abuelo. Ese hombre dulce, de ojos casi transparentes que apenas hablaba y solo si se le invitaba a ello.

-   ¡Esto es culpa tuya! - le gritaba su mujer - ¡te dije que no se marchara! Pero tú... tú... - le decía mientras le señalaba con el dedo índice y el cuello rojo de rabia - tú insististe en que le vendría bien conocer otro país, otra cultura... que esta casa era demasiado pequeña para una joven como ella y ahora.... ¡mira lo que has hecho! - le echaba en cara.

    Él mantenía su silencio, aquel en el que tan agusto se sentía. Con los pies hundidos en el barro y la punta de los dedos siempre fría.

-   Para una vez que hablas... ¡mejor estabas callado! - le dijo su mujer antes de cerrar la puerta de la casa y tirar la porcelana que colgaba en la entrada. El ruido del jarrón contra el suelo avisó a mi abuelo de que era el momento justo para ir a visitar a sus ovejas.

Nací en un hospital de Barcelona. Mi padre tardó un día en venir a conocerme y cuando por fín llegó, se acercó despacio a mí y en un susurro que parecía casi un suspiro, me dijo: <<que

las olas te traigan, que las olas te lleven, y que nunca te obliguen el camino a elegir>>. Dejó una margarita a mi lado, un colgante con forma de estrella de mar, besó a mi madre en la frente y se marchó.

Era un mes de mayo y mi abuela se negó a viajar a Barcelona después de que mi madre le confesase que su hija se llamaría Elena.

- ¿Elena? No, no, no, no... ¡eso sí que no! Todas las mujeres de esta familia se han llamado Helen. Hace cuatro siglos que el nombre se hereda de madre a hija. ¿Quién te crees que eres para romper con la tradición de la familia?
- Mamá... es lo mismo - aclaraba ella - Helen y Elena son el mismo nombre. No estoy rompiendo ninguna tradición...

Mi madre intentó justificarse pero mi abuela ya había colgado el teléfono y roto otro jarrón de porcelana.

Mi madre aceptó el enfado de mi abuela, como llevaba haciéndolo toda la vida. Se enfrentó sola a todos los cambios que llegaron, a los retos diarios que su nueva condición de madre y extranjera trajeron consigo. Puedo imaginar las lágrimas, la desesperación de los momentos más duros, la duda constante de la decisión correcta. Estoy convencida de que fue una época muy complicada para ella. Una época de gran sufrimiento y soledad. Fue una superviviente de sus propias decisiones, una mujer maravillosa que tengo el placer de conocer.

El veintiuno de diciembre de ese mismo año, cuando faltaban pocos días para que yo cumpliese mis primeros siete meses de vida, mi madre me subió a un avión y fuimos juntas a

Norfolk. Mi abuela nos esperaba cargada de reproches. La rabia era más fuerte que el deseo de conocer a su primera nieta, era más fuerte que ella. Aún así, mi madre me llevó a la que hasta entonces había sido su casa y pasamos las Navidades allí. La familia al completo, mi abuelo, mi abuela, mi madre y yo, en el cottage de Norfolk. Fue el inicio de una tradición que aún conservamos.

- Mamá, ¿por qué fuiste a visitar a la abuela? - le pregunté una vez - ¿por qué aguantaste sus críticas, sus malas caras, la desvergüenza de su ausencia en tus momentos más difíciles? ¿por qué agachaste la cabeza y te tragaste el orgullo?

- Yo siempre he caminado con la cabeza alta, Elena. Eso te tiene que quedar claro. ¡Clarísimo! - Matizó - Tu abuela, es parte de mí, parte de tí. Ha cometido muchos errores conmigo y no tengo ninguna intención de justificarla, pero Helen es tu abuela y yo ni quiero ni tengo el derecho, de privarte de ella. Regresé a Norfolk porque esa es también tu tierra, son tus raíces, tu casa. El orgullo no tiene nada que ver con el bienestar de una hija. El egoísmo y el rencor en cambio, pueden ser su ruina.

Cada veintiuno de diciembre, mi madre y yo aterrizábamos en el aeropuerto de Gatwick, al sur de Londres. Desde allí cogíamos el tren que nos llevaba al pueblo del que mi madre siempre quiso huir. Una tierra que nada tenía que ver con la Barcelona que ella misma había creado, la que seguramente nadie más que yo conocía. El viaje en tren era uno de mis momentos preferidos del año. Me sentaba en el asiento cercano a la ventana y miraba el paisaje creyendo que el tiempo, aún podía regalarme un poco de tranquilidad. Mi ciudad cambiaba continuamente, el ritmo de mi día a día sufría la transformación de la modernidad, de los cambios políticos y sociales que convertían mi vida en un alud incontrolable. Yo era yo, pero pertenecía a algo más grande, intangible e incomprensible. Recuerdo que a veces, teniendo la edad de mi hija, me encerraba en la habitación, bajo la mesa frente a la cama, con los pies descalzos apoyados en la moqueta y mis brazos rodeando mis piernas y me ponía llorar. Tenía miedo a lo incontrolable, a todo aquello que no dependiese directamente de mí.

Norfolk, era por aquel entonces mi mayor tesoro. Cuándo mi madre y yo llegábamos a Londres y montábamos en el tren, mis miedos se sentaban en el asiento trasero, amenazando un cambio de paisaje, un rascacielos en medio de los campos o una vaca mecánica que produjese la leche a cambio de un par de libras. Mi imaginación iba siempre de la mano de mis monstruos. Por suerte, la mía, bastaba salir de la capital para comprobar, año tras año, que todo seguía igual. Que el tiempo respetaba la tierra de mis antepasados, aquellos que mi abuela siempre nombraba y que para mí eran sólo una sucesión de nombres y de fotografías en blanco y negro. Todo seguía en su sitio, cada veintiuno de diciembre, a mi regreso. La hierba húmeda, las llanuras imperforables, inconstruibles, con las nubes sobrevolando las colinas. El verde del paisaje me mostraba orgulloso todas sus tonalidades, tan distintas del mediterráneo, tan oscuras, tan Atlánticas. Sus casas de altura baja, los techos oscuros y puntiagudos atravesando la lluvia, dejándola caer. Puentes, ríos, puertas de madera, torres que eran la memoria de antiguos castillos... Aquella tierra a la que mi madre llamaba mi segunda casa, era mi paz. Me reconfortaba.

Mi abuelo, por el que sí pasaban los años, venía a buscarnos a la estación de tren. Conducía, silencioso, hasta llegar al cottage. El olor a madera, fuego y chimenea de sus jerséis de lana es aún hoy, mi significado de Navidad. Mi abuelo aparcaba la furgoneta frente a la verja y los tres caminábamos los cien metros que separaban la entrada de la puerta principal cargados de maletas. Mi abuela nos esperaba bajo el tejadillo de ladrillo, con los brazos cruzados sobre el pecho y el ceño fruncido. Para ella, que vivía en una queja constante, siempre llegábamos tarde. Yo, a pesar de todo, la adoraba y desde que tuve edad para echar a correr, así es como atravesaba el estrecho camino empedrado para colgarme de su cuello y estropearle el planchado de su delantal.

- ¡Quítate las botas antes de entrar - me saludaba - que ya te las has manchado de barro!

El amor, era mutuo, pero la demostración que cada una de nosotras le hacía a la otra, opuesta.

Mi abuelo y mi abuela, vivían en un antiguo cottage propiedad de la bisabuela Helen, que lo heredó de su madre Helen, quién a su vez lo había heredado de la tatarabuela Helen.

- Aunque te llames Elena, algún día, esta será tu casa - solía decirme cada mes de enero cuando nos despedíamos hasta dentro de once meses.

El cottage era una casa de campo estrecha y menuda, con dos pisos enmoquetados y ocho ventanas blancas que rompían el equilibrio del marrón de la fachada. Dos chimeneas calentaban las paredes que rodeaban aquella vivienda cuadrada en la que el privilegio del calor en forma de fuego, pertenecía sólo al salón y a la habitación principal. Descendía de una familia de mujeres, siempre hijas únicas, por lo que el antiguo cottage mantuvo siempre el diseño inicial de solo dos estancias. Ampliaron solo la sala del té el año en que mi abuelo decidió vender parte del terreno y disfrutar de una jubilación tardía. Al inicio, mi abuela, que era la propietaria de la casa, heredera universal de todo cuanto sus padres poseían, se negó en rotundo. - La tierra de mis antepasados no se toca - Mi abuelo encogió los brazos, agachó la cabeza y se resignó. En el cottage no tenía ninguno de los derechos que fuera de las paredes de su casa le correspondían más que por derecho, por género masculino. Delante de su mujer, mi abuelo no tenía ni voz ni voto.

Cuando mi abuela al fin aceptó que su hija no regresaría al cottage, pasó tres semanas sin dormir. Lo consideraba el fracaso de su vida.

- Vende esta maldita tierra si quieres - le dijo a su marido una mañana antes del desayuno -. Total, el día en el que yo muera, la historia familiar morirá conmigo.

Ella era siempre así de dramática. Vivía en su propia telenovela, interpretando dos personajes contemporáneamente; el de víctima y el de mala. Aunque en realidad no se parecía a ninguno de los. Era todo fachada.

- De acuerdo querida - aceptó mi abuelo.

Por primera vez se había salido con la suya. No le importaba que la decisión de su mujer no fuese motivada por el amor hacía él, más bien por el despecho hacia su hija, mi abuelo enseguida se puso manos a la obra. Vendió el terreno y construyó una habitación suplementaria, un tubérculo de la casa principal. Allí, rodeado por sus libros, pasaba la mayor parte de las horas. Bebiendo té con un chorrito de whisky - para calentar los huesos - y leyendo los periódicos que el cartero le entregaba cada mañana desde hacía más de cincuenta años.

- Es muy importante estar informados Elena - me decía - sobre todo si vives una tierra remota como esta.

Mi abuelo exageraba. El cottage estaba a tan solo un kilómetro del pueblo y a cincuenta de la capital, Norwich. Tenían línea telefónica y de haber querido, televisión y radio. Su aislamiento era buscado o al menos, aceptado.

Aquel lugar no tenía nada que ver con mi vida en Barcelona. Con el colegio, mis amigas, los veranos en la Costa Brava en los que visitaba a mi padre... Norfolk era la escapada anual a una tierra tan mía como la ciudad Mediterránea, a un lugar en el que todo era conocido, donde podía sentirme en casa, correr, soñar y ser la Helen que vivía dentro de mi Elena. Mi parte más Inglesa.

Cada año, el veintiuno de diciembre, mi abuelo nos esperaba en la estación de tren y cada año, los días previos a nuestra llegada, mi madre y yo, cumplíamos con los rituales de la tradición. Ella preparaba las maletas, llenándolas de ropa de abrigo y un único calzado, un par de botas de agua. Protestaba ante la expectativa de pasar los siguientes quince días al lado de su madre, a quien quería con la misma intensidad con la que la rechazaba y yo presumía de mi doble hogar, del silencio de la campiña inglesa y la soledad de un invierno que empezaba con el reencuentro de mis raíces, en la que cada año todos éramos un poco más viejos, más sabios, más cascarrabias y más unidos.

Disfruté de cada una de mis navidades en el cottage familiar, hasta que conocí a Quim y el equilibrio de mis diciembres se llenó de lágrimas.

Pertenezco a la primera generación online, la que en la escuela estudiaba el complicado programa informático MS-DOS y copiar era tan fácil como escribir COPY en una pantalla con fondo negro y una pequeña línea vertical, de color blanco, que esperaba parpadeante su destino. Nací offline y terminé la universidad con un teléfono móvil, ordenador en mi habitación y una nueva manera de comunicación entre jóvenes que se llamaba *chat*. Hablar, en inglés, aunque realmente se escribiese y la voz se reservase para los encuentros en los que las palabras valían menos que las que se leían al otro lado de la pantalla, en la que la interpretación era libre y conveniente.

Internet llegó a nuestras vidas como un huracán. Arrasó con todo lo conocido y se estableció en nuestra rutina como si siempre hubiese sido parte de ella. La novedad no solo nos llevó a la locura de las nuevas comunicaciones, nos dejó a vivir en ella. Normalizamos los chat, *messenger* y las páginas web de citas, aceptando la impersonalidad como un avance tecnológico. Acortamos las palabras, usamos las abreviaciones, olvidamos las tildes. Dejamos de conversar y aprendimos a teclear. Cada vez más veloz, sin mirar, sin pensar.

Yo aún puedo presumir de haber pasado horas en la biblioteca municipal buscando en las enciclopedias las respuestas para un trabajo de fin de curso. Cargando con un montón de libros hasta la fotocopiadora y escribiendo a mano después, sin salirme de los márgenes, aquello que consideraba más importante. Es un recuerdo tan lejano y extraño que lo mimo a menudo. Me gusta desempolvarlo y observarlo. No es melancolía, o sí, solo que a veces pienso en el pasado como en un lugar mejor en el que vivir. Y no es una cuestión de edad, no echo de menos mi juventud, hablo del mundo. Creo que aquello a lo que llamamos evolución, en realidad ha sido de algún modo, nuestra involución.

Internet me pilló en mi tercer año de carrera. Estudiaba Administración y Dirección de Empresas en la universidad de Barcelona. Lo mío no era vocación, era descarte. A los dieciocho años aún no sabía quién era yo como para decidir a qué quería dedicarme el resto de mi vida, así que hice una lista de lo que no quería y lo que no podía hasta que Administración y Dirección de Empresas quedó como la última opción sin tachar. Descubrí después, con el título en la mano, que quizás lo mio si fuese vocación. O simplemente, gozaba de una buena capacidad de adaptación.

La universidad trajo grandes cambios en mi vida. En una ciudad como Barcelona, el barrio en el que vives delimita las fronteras de tu tierra amiga. Es decir, del lugar en el que te mueves libremente. El colegio, el pediatra, el médico de cabecera después, las clases extraescolares, el supermercado y mi grupo de amigas eran o pertenecían de algún modo a mi barrio, al lugar en el que me sentía a salvo. Ir desde el barrio de Gracia hasta las Ramblas, era para mí, viajar. Preparar el bocadillo de tortilla de chorizo, el botellín de agua y pasar el día en el centro.

La universidad lo cambió todo. Abrió las fronteras y separó las raíces. El grupo de amigas del barrio se dividió en distintas carreras, profesionales y personales y empezamos a crear pequeños subgrupos en los que nuevas caras y hábitos, borraron de un plumazo la inocencia de un grupo de amigas que una vez se creyó eterno. Cuando la gallina era ciega, el campo, quemado y sentarse en un banco a comer pipas era mejor que cualquier restaurante tres estrellas. La universidad, o quizás fuese la edad, nos hizo olvidar los valores primeros y empezamos a construir una vida más difícil y seguramente más superficial.

Las nuevas tecnologías, ayudaron a la comunicación con las nuevas amigas que no compartían panadería ni recuerdos de infancia, haciendo que el barrio, el nuevo, fuese el ordenador de nuestra habitación. Ya no hacía falta verse para hablar, no hacía falta conocerse para llamarse amigo, ni decir te quiero para creer sentirlo. Bastaban las teclas de un teclado para regalar palabras, inventar relaciones y soñar despierta.

Yo fui una de esas post-adolescentes pre-enamoradas por internet. Una moda que nació a finales de los años noventa y que aún hoy perdura. Aunque ya no tengamos veinte años, ni la inocencia de entonces.

Escondidos en el anonimato de nombres falsos, era fácil hablar con un desconocido que preguntaba tu nombre, sexo y edad. No había nada que perder, podíamos incluso permitirnos el lujo de ser sinceras y no temer ser juzgadas, al fin y al cabo quién podía saber que detrás del nombre *Elenh* me encontraba yo. Podía incluso ser atrevida y escribir aquellas cosas que jamás hubiese tenido el coraje de decir en la crudeza de una conversación cara a cara. Era fácil jugar, disfrazarse de cualquier persona y soñar.

Miuq fue una de las conversaciones que entró en mi ordenador en forma de "ventana" a la derecha de mi pantalla.

-    ¿Elena con H? - preguntó.

- Sin - respondí.
- Cuánta responsabilidad...
- ¿Por qué? - pregunté yo extrañada.
- Porque Elena es la mujer más bella del universo.

Cualquier otra respuesta me hubiera dejado indiferente pero aquella no.

Una primera frase puede dejarte en la más absoluta indiferencia o crear una expectación difícil de olvidar. Bastó solo una pregunta y dos respuestas para despertar en mí una curiosidad que hasta la fecha, nadie en mi vida online había generado. Y no es que yo estuviese muy predispuesta ello.

Eran las once de la noche de un aburrido martes del mes de octubre y aplacé mis horas de sueños, con el ordenador frente a mi cama, en la oscuridad de mi habitación, para conocerle mejor. Empezamos así una relación nocturna de mensajes tecleados, preguntas, respuestas y desnudos a corazón abierto en los que nuestra intimidad quedaba expuesta al desconocido que se escondía detrás de una vida real o imaginaria, con la "certeza" de que no existían las mentiras, el deseo de que todo fuese verdad. Soñar era tan fácil que nos dejamos llevar y *Miuq* pasó a ser la cita irrenunciable de mis noches de Otoño.

De él supe solo lo que me quiso contar. Se llamaba Quim, tenía veintiséis años y vivía en Bescanó, un pequeño pueblo de la provincia de Girona. Era el hijo mayor de una familia con dos chicas en la adolescencia. Una entraba en ella mientras que la otra, de mi misma edad, salía. Trabajaba como jardinero, no le gustaba viajar pero si perderse entre las montañas junto a su perra Luna. Su plato preferido era el cordero con pimientos rojos, su número el siete, su color favorito el naranja y su secreto inconfesable, la pasión por Star Trek. Quizá no tuviésemos muchas cosas en común, pero era fácil hablar con él, imaginar su voz, la expresión de los ojos marrones que él dijo tener. Quim me gustaba, o al menos la idea que yo me había hecho de él y después de tres semanas, quise comprobar si el cuento de mi mente era fiel a la realidad o no. Por eso, una noche, antes de despedirnos para ir a dormir, le propuse una cita. Porque soñar está bien, pero abrir los ojos y respirar, es aún mejor.

- ¿Te apetece que tomemos un café este domingo?

Siempre he intentado que la vergüenza no me condicione, que el miedo al fracaso no me impida vivir, sufrir o amar, cuando tocaba, por eso no esperé a encontrar el momento perfecto, ese que seguramente nunca llegaría, simplemente hice lo que pensaba que tenía que hacer, lo que sabía quería hacer. Conocerle. O al menos intentarlo.

- ¿Dónde? - respondió él.
- A mediodía frente a las escaleras de la catedral de Girona.

Pensé en cuál podía ser el mejor lugar para que dos desconocidos se encontrasen por primera vez. Tenía que ser un territorio neutral, estar en igualdad de condiciones y no dar demasiada información personal en el que caso de que la cosa se complicase. Porque una cosa es ser atrevida y una muy distinta, correr riesgos innecesarios.

A los veintidós años los riesgos se saben pero no se ven. Ya desde pequeñas nos dicen que no nos fiemos de los desconocidos que nos ofrecen caramelos, pero si un señor se acerca con un paquete de palomitas, seguramente lo aceptamos. Porque vivir, no debería de consistir en medir los riesgos, que dicho sea de paso, son constantes e infinitos. A mis veintidós años yo me debatía entre decidir una calle concurrida en la que queda a plena luz del día con el desconocido con el cual llevaba varias semanas chateando y las ganas de conocer a Quim, el chico que me gustaba.

Lo pienso ahora desde la perspectiva que me dan los años y entiendo que el día en el que quedé con Quim, cualquier precaución hubiese sido poca. Pero pienso en la joven que yo era y me parece terriblemente injusto que en una edad en la que mi deseo se centraba, en gran medida, en el descubrimiento del sexo y las relaciones con el género masculino, tuviese que vigilar mi espalda. Debería de ser libre de sentir, hacer y quedar con quien me diese la gana y en cambio "lo correcto" hubiese sido renunciar a la cita para evitar un posible mal. Me enseñaron a protegerme demasiado pronto, cuando en realidad yo debería de haberme dedicado a disfrutar de mi juventud mientras a otros se les educa a no hacer ningún mal. Por eso intento no ser demasiado injusta con la Elena de veinte años atrás y comprender que en el fondo yo hacía el uso adecuado de mi libertad, sin que ello invitase a nadie a herirme, violarme o matarme.

Las doce del mediodía me pareció la hora adecuada para el encuentro porque si al final resultaba que no había química entre nosotros, con un café podíamos dar por terminada la cita y si por el contrario la compañía estaba a la altura de las expectativas, tendríamos todo el domingo para aprovecharla.

- Hasta el domingo. *Bona nit.* - se despidió Quim.

Aún estábamos a miércoles y en los días que pasaron hasta el encuentro en la ciudad neutral, no volvimos a hablar.

Llegado el día, aparqué el coche frente a los jardines de la Dehesa, cerca del río Onyar. Crucé el puente de Sant Feliu hasta entrar en el barrio antiguo, donde la estatua de la leona me recordó la primera vez que había visitado Girona. Fue en una excursión de colegio, con el bocadillo en la mochila y los zapatos sucios, como siempre. No sé cuál fue el motivo de la visita pero sí lo que le dije a mi madre cuando una vez en casa me preguntó si me había gustado la ciudad.

- Mucho mamá - le dije - ¡volveré!
- ¿Y tú cómo estás tan segura? - preguntó ella mientras deshacía los nudos de mi pelo alborotado.
- Porque he besado el culo de la leona. - respondí.

"Sólo podrás volver a Girona si has dado un beso al culo de la leona". El dicho se cumplió conmigo y la mañana soleada del mes de Noviembre en el que me reencontré con ella, le agradecí el billete de regreso que me facilitó cuando la vida se vivía sin pensar, sin sufrir y sin miedo a amar.

Las terrazas de los bares de la parte antigua de la ciudad estaban a rebosar. El frío aún no había llegado y la gente se había lanzado a la calle con la esperanza de que aquel no fuese el último domingo sin lluvia del año. Se oía el rumor de las conversaciones, las carcajadas, los niños que corrían entre las mesas. Las campanas no habían anunciado las doce, pero se preparaban para ello, era cuestión de minutos, pocos. Me até los botones de la chaqueta al subir la cuesta empedrada y me fijé en el balcón cubierto de flores que presidía el arco de entrada que da a la catedral. Vivir en un lugar así, tiene que hacerte mejor persona por fuerza, pensé, - rodeada de tanta belleza - y al terminar la frase ya había llegado al punto de encuentro. Ahí estaba, imponente, sobre sus noventa escaleras repartidas en tres grupos precisos de treinta y sus respectivo rellanos, la catedral de Santa María de Girona. He vuelto después de aquel día y aún me sigue impresionando.

Miré a mi alrededor, sin esperar a alguien con un ramo de flores, una corbata roja o un libro en la mano, buscando solo una expresión conocida que me dijese que esa cara, ese pelo, ese cuerpo y esos ojos marrones eran de Quim, el chico que se escondía detrás de *Miuq*. No lo ví, pero las campanas seguían sin concederle el retraso.

Decidí esperarlo frente a la fachada principal y observar a quien se adentrase en aquella pequeña plaza que era ya mi territorio visual, desde cualquiera de las cuatro entradas que le darían la bienvenida. Dos frente a mí, una a mi derecha y la otra a mi izquierda. Por ésta última, cuando seguía estudiando la situación, las cuatro mesas de la terraza del bar a mi lado, las banderas en los balcones, los tres coches aparcados, el niño que subía y bajaba las escaleras ante una caída inminente, en ese momento, cuando las campanadas ya habían confirmado su retraso y el niño aún no se había dejado los dientes de leche en el juego, lo ví. Llevaba una sudadera roja, los pantalones vaqueros rotos y unas botas de montaña. Caminaba mirando al frente, con las manos en los bolsillos, como si todo cuanto le rodease fuese solo un decorado, como si nada pudiese tocarle. Supe al instante que era él, aunque aquella fuese la primera vez que lo veía y su descripción, <<pelo castaño claro y ojos marrones>> no fuese la pista inconfundible que pudiera definirlo.

Lo observé mientras se acercaba a las escaleras de la catedral. Él no me había visto aún, tampoco tendría por qué reconocer en mí a la chica detrás de *Elenh*, de esa Elena sin H. Mi cita se acercaba cada vez más al centro de las escaleras de la catedral y yo lo miraba desde el lugar privilegiado en el que me situó el anticipo de mi llegada. Frente a él, expectante, podía haberme marchado, escapar si quería, para Quim sería solo una chica más caminando por las calles de la ciudad en un domingo soleado, pero no lo hice.

Aquella mañana de noviembre yo desconocía los motivos por los que una noche, acepté entablar conversación con un desconocido a través de la pantalla de mi ordenador. Supongo que a los veintidós años una no se plantea el porqué de las cosas, simplemente se deja llevar, sin pensar en las consecuencias o en los motivos que nos llevan a hacer lo que hacemos. Existe siempre un porqué. Lo pienso ahora y creo aquella Elena, la que vió cambiar el pequeño mundo en el que vivía al entrar en la universidad se sentía sola. Esa soledad que llega cuando no estás sola. Una soledad incomprensible, rodeada de personas, fiestas, quehaceres... una soledad que duele porque no se justifica. Yo tenía una vida maravillosa, sin problemas económicos, académicos o de salud. Tenía una buenísima relación con mi madre, con las amigas "de siempre" y con las nuevas que llegaron al abrir las fronteras de mi barrio. Mi día volaba entre las clases, las horas de estudio, las fiestas, los cafés en el puerto... no tenía tiempo para la soledad, pero la sentía. Muy dentro, desde los huesos hasta mi sonrisa, cada vez más triste, menos sonrisa.

Si pudiese ahora hablar con ella, con la Elena que fui, le diría que aquel sentimiento formaba parte de la evolución que estaba viviendo. Tenía que aceptar los cambios como parte de mi crecimiento personal. Lo que me pasaba era simplemente un modo de asimilar que estaba dejando atrás a la Elena de los peinados gracioso para ser la Elena adulta que un día llegaría a ser. No estaba sola, pero necesitaba sentirlo, ese era el único modo que tenía de hacerme preguntas que solo yo podría responder. La tristeza que sentía era solo el adiós a una época que dejaba atrás, un pequeño luto a las puertas de la madurez. No necesitaba parches para aquel sentimiento, no necesitaba curas, solo tiempo y honestidad, la que siempre debería de tener conmigo misma.

Frente a las escaleras de la catedral de Girona, no pensé en todo aquello, pensé solo en Quim, que no era más que una excusa para no pensar, para no aceptar que mi mundo estaba cambiando, que yo estaba cambiando. Por eso cuando pude marcharme, olvidar las noches en vela frente al ordenador, la cita del domingo frente a las escaleras de la catedral, olvidar a Quim y superar mis miedos, no lo hice. Acepté la aventura que estaba por vivir como el borrador de mi soledad y me quedé en el mismo lugar, esperando a que él se girase, a que su distracción se topase con mi mirada y cuando lo hizo, me vio sonreírle, con mi chaqueta amarilla, mis pantalones negros y mis zapatos marrones. Seguramente sucios.

Nos reconocimos. Era guapo, muy guapo. Más de lo que yo había fantaseado.

- Perdona el retraso - me dijo antes de besarme en la mejilla - me ha costado mucho aparcar la furgoneta.

No lo conocía, pero sabía lo suficiente como para notar que estaba nervioso, que se sentía fuera de lugar, como si fuese la primera vez que quedaba con una desconocida y sintiese arenas movedizas bajo sus pies. Lo cual me tranquilizó. Era tímido, callado en la primera impresión, de apariencia indefensa, como un cachorro perdido en medio de la ciudad. Me sentí cómoda con él.

- ¿Conoces Girona? - Le pregunté. Podía ser una pregunta estúpida, lo reconozco, él era de Bescanó, a solo ocho kilómetros de la ciudad, pero eso no significaba que pasase tiempo en ella. Por lo que me había contado, se sentía más a gusto rodeado de naturaleza que de personas y aunque podría encontrar un millón de razones por las que ir a Girona, podía encontrar otras tantas para no hacerlo.
- Sí. Estudié durante dos años aquí, la conozco bastante bien. - respondió con un tosco acento Catalán.
- Pues entonces, te toca hacer de guía.

Había fallado en mi pronóstico pero aquella pregunta estúpida sirvió para entablar conversación, romper el hielo y empezar a caminar. Algo es algo. Un inicio.

La timidez duró poco, el tiempo de recorrer el barrio judío, hablar de lo primero que se nos pasase por la cabeza y sentarnos en la única mesa vacía de las tantas terrazas que invaden las aceras la ciudad.

Ninguno de los dos parecía preocuparse por la hora mientras mientras compartíamos un café bajo el sol del mediodía. Las palabras salían de nuestras bocas sonando mejor que el ruido del teclado. Las miradas ya no eran imaginarias y la complicidad crecía a medida que los ordenadores desaparecían en el recuerdo y dejaban espacio al contacto, al tacto de unas manos torpes que se encontraban sin querer, queriendo.

Quim era un joven particular, fiel a la descripción de la palabra; raro, poco corriente, diferente de lo ordinario. No empleé mucho tiempo en descubrirlo, tampoco él se escondía. Era amable e introvertido, con un gran y privado mundo interior, parco en la conversación y gentil en miradas. Sus ojos expresaban todo aquello que parecía incapaz de decir, no por falta de coraje o carencia de vocabulario, más por el calor de su intimidad, tan suya y poco acompañada. Era un chico solitario que usaba sus ojos marrones, claros y profundos, como ventana hacia el mundo. Solo quien los entendiese podía entrar en ellos, sin miedo, sin paracaídas. Hablaba poco, fumaba mucho y cuando reía, lo hacía a carcajadas. Llenaba el espacio y yo me sentía un poco más cerca, más dentro.

Cuanto más tiempo pasaba a su lado, más quería conocerlo, hacer de su profundo acento catalán, mi banda sonora. Mirarlo aquel mediodía de noviembre, era como mirar el mar. Con sus olas indomables y su infinito sin final.

Olvidado el tiempo y con la certeza de que nuestra cita no se limitaría a un café, nos sentamos a comer en un restaurante vasco y a las seis de la tarde, cuando por primera vez desde las doce campanadas aterrizamos en la realidad del día nos dimos cuenta de que la sobremesa se había alargado demasiado y entendimos porqué éramos los únicos comensales en aquel restaurante de madera, con los platos limpios y nuevas caras tras el mostrador. Pero seguíamos sin querer separarnos, a pesar de la oscuridad de la tarde y el frío de las noches anticipadas de invierno. Nos sentamos entonces en la terraza de un *pub* irlandés, bajo los antiguos arcos que recorren la rambla de la ciudad. Compartimos una cerveza y un té caliente hasta las nueve y media de la noche, hora en la que nuestra primera cita terminó.

- Me ha encantado conocerte, Elena - me dijo antes de despedirse frente a mi coche.
- A mí también me ha gustado conocerte Quim - respondí -. Ha sido un domingo precioso.

Era verdad, había disfrutado de aquel domingo como nunca antes. No es que Quim fuese mi primera cita, a los veintidós años había tenido mis rolletes y me había encaprichado por distintos compañeros de clase, pero era la primera vez que sentía la complicidad de las sonrisas, el reflejo de unos ojos en mi propia piel. Sentía por primera vez un deseo que iba más allá de un beso robado, una caricia borracha o unos pantalones perdidos bajo la cama. Era un deseo más profundo, una pasión que no hablaba de sexo sino de corazón. Necesitaba llenar un espacio y Quim abrió los horizontes que yo aún no conocía. Me encontré inmersa en un mar de sentimientos desconocidos que me arrastraban sin saber bien hacia dónde. Era algo más grande de cuanto yo conocía, algo mejor.

- Hablamos - me dijo después de acercar sus labios a mi boca. No me besó, apenas me rozó, pero bastó aquel gesto para sentir que mis pies se elevaban del suelo y se esfumaba el ancla que me tenía atada a la tierra.
- Hablamos - respondí en un palabra que era casi un suspiro.

No paré de pensar en él durante cada uno de los kilómetros de la autopista que recorrí aquella noche y que separaban nuestra cita de mi casa. Sonreía, no podía dejar de hacerlo. Al llegar a mi habitación, encendí el ordenador con los zapatos puestos aún, deseosa de encontrar a Quim en el lugar de los inicios. Mientras la pantalla se encendía en unos minutos que me parecieron eternos, mis pies bailaban a un ritmo nervioso, chocando entre sí, en un tintineo impaciente que parecía no tener fin. Me negaba a dar aquella cita por terminada, quería saber más de él, compartir mi rutina con la suya, ser parte de sus montañas y hacerle hueco en mi ciudad. Deseaba que el ordenador fuese solo una herramienta más, no el muro que nos separaba. Que las noches insomnes de *chat* fuesen solo el inicio de un encuentro de carne hueso en el que los besos no se escriben, se dan.

Cuando vi aparecer su nombre, como cada noche durante las últimas tres semanas, a la derecha de la pantalla de mi ordenador, supe que la corriente de mar en la que me había perdido aquella tarde, también le arrastraba a él. Quim había esperado mi regreso al lugar de los inicios, un mundo online que en nada se parecía al día anterior. Nuestras conversaciones se habían llenado de recuerdos, de deseo... Nos habíamos visto al fin, habíamos descubierto el sonido de las palabras, los ojos que se escondían detrás del brillo de una pantalla, las pausas de los silencios, pero nos negamos a que la distancia escribiese el final de un precioso domingo de Otoño.

A las seis y media de la mañana, sonó la alarma que me despertaba cada lunes para ir a la universidad y entendí que el tiempo había perdido su sentido, que las horas no eran tal, ni los minutos existían. Amaneció con mi cama hecha, mi chaqueta colgada en el respaldo de la silla y mis ojos sobre el ordenador. Quim había entrado en mí de tal manera que paré las agujas, los cronómetros, las cuerdas de los relojes. Entró para quedarse a vivir en mí, con sus pausas, sus eternos segundos, sus voz.

Aquel día, lunes, viví sin vivir, deseando volverlo a ver, reconocer su figura en la distancia con la seguridad de que no era una sombra más. Era él, entre un millón de habitantes, entre miles de historias de amor, mensajes cruzados en esa red interna pero tan expuesta que se llama internet. Entrar en su mirada, en el micromundo que escondía detrás de ella y vivir en él. Sin más responsabilidad que perderme, dejarme llevar, con las prisas de mis veintidós años, la inconsciencia típica de la edad. Tan joven era yo, que no quise esperar y a las cinco de la tarde, con las obligaciones estudiantiles cumplidas, le escribí.

- ¿Cenamos juntos?

Si de algo he carecido siempre, ha sido de paciencia. Los años me han enseñado que el tiempo es un gran consejero, apaciguador de prisas y equivocaciones, pero a los veintidós, un día es toda una vida y un amor, el primero, puede ser loco, gilipollas y ciego, pero sobre todo es veloz.

Hace varios años, un amigo, acostumbrado a la celeridad de mi vida, en la que un día parecen veinte años y un amor, el amor de mi vida, me dijo:

- Elena, la paciencia es elegante.

No lo entendí entonces, ni lo entiendo ahora. Si la elegancia y la paciencia van de la mano, lo hacen lejos de mí, a escondidas, evitando tropezar en mi camino.

Siempre he querido todo para antes de ayer. He saltado en vez de caminado, he deseado llegar a mi destino sin entretenerme con el paisaje, con la prisa del objetivo cumplido, el afán por iniciar un nuevo camino. He esperado respuestas antes incluso de realizar la pregunta. Antes incluso de saber lo que quería escuchar y me he visto llorando ante una decepción que no era tal. Hubiese bastado, solo un poco de tiempo, para darme cuenta de mis propios errores. Tan entretenida estaba en acumular recuerdos que me olvidé las gafas y creí que una imagen distorsionada, es una imagen real.

De cuantos ridículos me hubiesen salvado la paciencia y la elegancia, si como dijo mi amigo, van realmente de la mano. Me hubiese bastado solo una de las dos, para ahorrarme algún mal trago. Menos mal que la velocidad no discrimina y del mismo modo que me trae un dolor, me regala el olvido.

La tarde que le propuse a Quim cenar juntos, a escasas veinte horas de despedirnos en Girona la noche anterior, él aceptó mi propuesta y yo, en la oscuridad de un atardecer de noviembre, me subí a mi coche para emprender, casi en su totalidad, el recorrido de una mañana de domingo en la que nada fue como esperaba, todo fue mejor. Su autopista, sus tres peajes, las gasolineras iluminadas, las subidas y bajadas de una carretera salpicadas de túneles, una emisora musical que buscaba su señal, un viaje que abandonó los nervios del día anterior en la cuneta pero recogió al ansia como compañera de aventura.

El reloj del coche marcaba las veinte horas y cuarenta y nueve minutos cuando un letrero blanco, estrecho y rectangular, avisó de mi entrada a Bescanó y recordé el último mensaje que Quim me había escrito antes de arrancar el motor del coche.

- Cuando llegues al pueblo, verás una rotonda. Coge la última salida a la izquierda y sigue recto durante unos cinco minutos. Verás un antigua casa abandonada a tu izquierda y después una curva. A la derecha aparecerán tres contenedores en la esquina de un pequeño camino.

Entra. Vete despacio porque hay muchas piedras y algunos agujeros. Cuando llegues al final, tendrás dos opciones, girar a la derecha o la izquierda. Coge la primera opción y frente a tí encontrarás una única casa con la luz encendida. Es la mía.

Cuando le hablé a mi madre de Quim y le confesé que al día siguiente de haberlo conocido fui a su casa, me llamó <<Temeraria>>. Seguramente lo fui, aunque sigo defendiendo que mi exceso de confianza no le da derecho a nadie a hacerme daño. Yo sentía que conocía a Quim, que las largas conversaciones de las noches en vela eran suficientes para asumir que él no era un desconocido, era simplemente Quim y yo confiaba en él. Lo pensé y si soy justa conmigo misma, lo sigo pensando ahora a pesar de que nunca se conoce a una persona lo suficiente. Si dejamos que el temor se apodere de nosotras y renunciamos a aquello que realmente deseamos, es entonces cuando nos aseguramos el dolor. El dolor de no haber vivido. Por eso, si volviese atrás, a mis veintidós años y Quim me invitase a su casa en nuestra segunda cita, aceptaría. Porque a él nadie le llamó temerario por fiarse de mí, él nunca sería la víctima y yo me niego a serlo, temeraria o no.

Quim vivía sólo en una antigua casa por la que pagaba quince mil pesetas al mes. El alquiler tenía un precio simbólico, pues el acuerdo entre el propietario y él era que Quim la reformaría poco a poco, mes a mes. Arreglaría también el campo que le rodeaba y construiría un pequeño huerto personal. Si a los cinco años de firmar aquel acuerdo, había pasado ya uno, no cumplía con su parte, tendría que marcharse.

Si por el contrario, había hecho de aquella una casa habitable, el propietario le daría todas las facilidades para poder comprarla.

Cuando paré el motor del coche, al final del camino, sobre la tierra seca, Luna, una perra de color marrón claro salió a recibirme. Apenas abrí la puerta, apoyó sus patas sobre mis piernas y con el hocico, empujó mi brazo invitándome a salir. Le acaricié el lomo, en un intento de explicarle que había entendido su mensaje y ví, a través del retrovisor, como en la puerta de entrada, bajo las luces y las sombras de una casa iluminada, me esperaba Quim.

- Llegaste - Sonrió.

La chimenea estaba encendida, sentí el olor apenas entré. Luna había dejado de interesarse por la novedad de mi presencia y se acercó al calor del fuego dejándonos a Quim y a mí en la intimidad de los primeros instantes. El salón estaba totalmente reestructurado, con baldosas rojas en el suelo, dos amplios sofás frente a la televisión y un precioso mueble de madera oscura. Desde la cocina llegaba un olor que despertó mi apetito.

- He preparado cordero, mi especialidad - dijo mientras abría la puerta del horno dejándome ver como se doraba la carne junto a las patatas y los pimientos rojos.
- Tiene una pinta estupenda - confesé.
- ¿Te parece si acompañamos la cena con una botella de vino tinto? - preguntó.

Estaba tranquilo, relajado. Se notaba que se sentía cómodo, que jugaba en casa y eso le hacía sentirse seguro. Se manejaba muy bien en su puesto de anfitrión y enseguida sacó dos copas para brindar.

- Por nosotros.

Me gustó como sonó aquel nosotros. Era la primera vez que hablaba de él y de mí como un nosotros y aunque sabía que no era más que un brindis, no una declaración de amor, pensé que podría acostumbrarme a aquella palabra.

- ¿Es bueno verdad? - me preguntó después de haber mojado sus labios con el vino - Lo hace un amigo mío. Me regaló el otro día una caja y la verdad es que me gusta mucho.
- Yo no entiendo mucho de vinos, lo confieso, pero me gusta el sabor. No es ni muy fuerte ni muy dulce.
- En diez minutos cenamos. Te enseño el resto de la casa.

La mesa estaba preparada. Subimos al segundo piso y enseguida sentí el frío y la falta de luz. Durante el último año se había dedicado a reestructurar la planta baja - pues es dónde paso la mayor parte del tiempo - . La habitación principal se encontraba en la estancia más grande, con un cama doble, dos mesitas de noche y un colgador a vista. Comprobé que su fondo de armario consistía en dos pantalones vaqueros, un chándal, tres sudaderas, el uniforme de trabajo y una decena de camisetas dobladas sobre un pequeña cajonera bajo la ventana. Tenía el baño enfrente y a su lado una estancia en la que guardaba todo el material de obra.

- Algún día, esta habitación será para mi hermana pequeña.

Había que echarle mucha imaginación a aquel desorden de pinturas, maderas, plásticos y polvo para imaginarse a una adolescente viviendo en ella, pero visto el trabajo que había hecho con el salón y la cocina, había esperanza.

Cenamos sin prisa, disfrutando de todos los sabores y los aromas. Alumbrados por un solo foco de luz amarilla, con el crepitar de las llamas como única melodía. Hablamos del pasado y del futuro, de cómo nos imaginábamos en unos años. De cómo el tiempo corría cada año más deprisa y nos sentimos viejos sin haber cumplido los treinta años. Nuestras vidas y nuestras circunstancias eran completamente distintas pero compartíamos la ilusión por las pequeñas cosas, el gusto por el silencio, la calma y la vida vivida a nuestro modo. No queríamos ser parte de una sociedad que no entendíamos y a nuestra manera, creamos una pequeña comunidad de dos habitantes en el planeta de su casa.

- ¿Cómo te lo rompiste? - Le pregunté.

Cada vez que sonría, una dentadura imperfecta protagonizaba su gesto. Tenía un diente roto, un incisivo con la esquina sesgada. No le afeaba, al contrario, rompía con la belleza infantil de su rostro, la de sus manos finas y su piel delicada. Era como un símbolo, testigo de una vida imperfecta.

- En el campo. Me caí jugando cuando era pequeño y nunca me lo he arreglado.
- Estás bien así - Me sonrojé.

El amanecer nos pilló de improviso, al igual que el sueño, abrazados bajo la manta de su sofá. Eran las siete de la mañana y la rutina que hubiésemos querido evitar salió de un despertador que marcaba las siete el punto.

- Tengo que ir a trabajar.
- Y yo a la universidad.

Nos abrazamos fuerte, como si nuestros cuerpos se negasen a vivir en soledad y nos besamos sabiendo que la despedida era solo un modo de anunciar otro regreso, que llegaría impaciente, con la prisa de los momentos perdidos, el recuerdo de un instante que perdura.

Así fue como vivimos los treinta días de un mes en el que nada fue como antes, dónde las nuevas sensaciones eran una camino ya recorrido, un lugar en el que la seguridad de un mañana a su lado, ahuyentaba los miedos. Vivimos dedicados a nuestro mundo recién construido, a la palabra nosotros que era más bonita respirada que pronunciada. Una palabra que no necesitaba ser escrita, sólo mirada, mimada, cuidada.

Despertábamos con el rocío bañando la tierra de nuestro futuro, la calefacción eléctrica calentando nuestros sueños del segundo piso y una chimenea que iluminaba un amor creciente reservado para una compañera privilegiada de nombre Luna, tan bella como la luna, tan alegre como el sol.

Exploramos nuestros secretos, incluso aquellos que aún dolían. Acariciamos cicatrices, saboreamos lágrimas ajenas, sentimos la carcajada de un recuerdo feliz. Viajamos a través de los años no vividos, conocimos los miembros de la familia que algún día tendríamos a nuestro lado y pedimos a la vida que los deseos, así, como estaban, serenos y radiantes, se nos concedieran. Disfrutamos de cada minuto sin salvar las distancias, deshaciendo maletas, inventando sabores. Fuimos felices, fui feliz. Tan feliz que no dudé.

El veinte de diciembre, nos despedimos en la puerta de su casa hasta el próximo año. Por primera vez, Norfolk se convirtió en un destino lejano, en el enemigo que me alejaba del lugar al que creí pertenecer. De Bescanó, de Quim. Hubiese deseado anular el viaje o al menos posponerlo, pero sabía que la opción de pasar los quince días de fiestas navideñas en Barcelona, no era cuestionable. Nunca, durante mis veintidós años se discutió el viaje a Inglaterra cada veintiuno de Diciembre, simplemente llegaba y se asumía.

- Te llamo en cuanto aterrice - prometí.
- Te echaré de menos.

- ¡Feliz Navidad Quim! Enseguida cenamos, hace mucho frío y no para de llover. Pienso en tí, en la chimenea, en Luna. Os echo de menos.

La mesa estaba preparada en el salón principal. La abuela Helen había sacado la vajilla de porcelana, las copas de champagne y el mantel navideño. Cuatro grandes calcetines de punto colgaban de la chimenea y siete velas blancas decoraban la entrada principal. La mesa barrocamente adornada con piñas, campanas doradas, cuencos de mermeladas y *crackers*. El abuelo frente a mí, con las mejillas sonrojadas y un jersey rojo con un reno marrón en el centro del pecho, todo muy *British*. Mamá y la abuela se peleaban en la cocina, como siempre y yo esperaba noticias de Quim. Llevaba más de veinticuatro horas sin saber nada de él y empezaba a preocuparme. Tal vez le hubiese pasado algo, quizás en el cottage no tenía cobertura. La niebla estaba baja y no era la primera vez que pasaba, pero el teléfono parecía funcionar perfectamente. Era extraño, todo iba bien entre nosotros. Era una relación incipiente, pero ambos teníamos claro que queríamos seguir adelante, que era bonito aquello que empezábamos a construir y cuando nos despedimos, solo deseamos que las Navidades pasasen rápido y llegase pronto el seis de enero, el día del reencuentro.

Durante las veinticuatro horas que pasé sin saber nada de Quim, miré el teléfono cada hora. Lo llevaba a todas partes conmigo, no quería perderme su mensaje o su llamada, su voz. Ante su silencio, repasé varias veces la despedida, analicé cada uno de sus gestos, las conversaciones... Analicé una a una las palabras que nos dijimos intentando descubrir un indicio, una pista que pudiese explicarme por qué Quim había enmudecido. Pero nada, no encontraba ninguna razón que me hiciese entender su silencio. - Algo se me está escapando - pensaba, pero no sabía lo que era.

Veinticuatro horas pueden ser pocas para echar de menos a alguien pero son una eternidad cuando se espera un mensaje que no llega, cuando se empieza a temer que tal vez nunca llegue.

- ¿Estás bien *sweetheart*?

Mi abuelo siempre me llamaba así, corazón dulce.

- Si, abuelo. Esperando un mensaje, es todo.
- ¿De alguien importante? - preguntó él conociendo la respuesta de antemano.

Le hablé de Quim, de todo lo que habíamos vivido juntos durante el último mes, de las ganas de enseñarle Norfolk y el cottage, compartir la próxima Navidad juntos y colocar un calcetín más bajo mi segunda chimenea. Era mi primer amor y pensar en un futuro común, era el mejor modo que yo conocía de soñar.

- ¿Así que el año que viene seremos cinco? - sonrió - ¡Brindemos!

Nunca le había hablado a mi abuelo de los asuntos de mi corazón. Él era mi confidente, podía contarle todo, pero hasta aquel día, nadie había sido lo suficientemente importante para mí. No había llegado el chico que mereciese el esfuerzo de mi abuelo por memorizar su nombre. (Mi abuelo tenía una malísima memoria para los nombres. Ni siquiera recordaba el nombre de su perro, él llamaba a todos Dog).

-    Quim. - repitió con dificultad.

Ambas Helen aparecieron en el salón al tiempo que mi abuelo y yo terminábamos nuestra primera copa de champagne y sonreímos traviesos por el secreto compartido. La gran mesa familiar se quedó pronto sin espacio, invadida por el salmón ahumado, el pavo, las verduras al horno, el repollo, la salsa de arándanos y la sopa de cebolla. Los villancicos sonaban una y otra vez en una repetición circular y monótona mientras el cristal de las ventanas se empañaba cada vez más.

La noche no sé alargó demasiado, el horario Británico admitía las doce como toque de queda único y mi madre y yo compartíamos la cama de la habitación de invitados. Una de las cosas que más me gustaba de las navidades en Norfolk era precisamente esa, la de dormir con ella como cuando era pequeña, tocandonos las puntas de los pies fríos y sintiendo su mano junto a la mía. No importaba que la cama se nos hubiese quedado pequeña, seguíamos insistiendo a mi abuela para que no nos separase, que no sustituyese aquel nido por dos pequeños catres, impersonales y desconocidos.

-    No tenéis edad para dormir juntas - protestaba ella.

Pero las tres sabíamos que si no hubiese sido por la educación tan recta y conservadora que la bisabuela Helen le dio, ella misma haría su hueco entre nosotras, al calor de la historia familiar.

Habían pasado dos días de frío y rutinas Navideñas y yo seguía sin saber nada de Quim. No respondía a ninguno de mis mensajes y su teléfono estaba siempre apagado. Pensé en llamar a alguien para asegurarme de que estuviese bien, pero vivimos nuestros treinta días de amor aislados del mundo y no sabía a quién podía contactar. Pasaban los días, yo seguía llamando repetidamente y el contestador me respondía siempre lo mismo - el teléfono al que llama está apagado o fuera de cobertura - . Comenzaba a preocuparme. No sabía qué pasaba y pensar en lo peor empezó a ser la mejor opción cuando Norfolk se preparaba ya para la nochevieja.

- Hola Elena, soy Manu. Quim se dejó el teléfono ayer en mi casa, cuando lo vea le digo que te llame.

La mañana del treinta y uno de diciembre, fue esa la respuesta que tuve a mi primera llamada del día y entonces comprendí que no entendía nada, que quizás nunca entendería nada. Manu, el amigo que había regalado las seis botellas de vino a Quim, acababa de informarme, sin saber seguramente las consecuencias de sus palabras, que Quim estaba bien, que estaba al menos vivo. Que su teléfono funcionaba, que el mío también, que nada le impedía llamarme, que nada le impedía responderme, escribirme, parar la angustia que se había apoderado de mí.

La llamada de Quim, nunca llegó. Ni aquel mismo día, ni los siguientes. Ni cuando regresé a Barcelona y me cansé de llamarle, de esperar, de llorar. No llegó cuando mi abuelo sufrió por mí, por mi desamor, por la ilusión quemada en su chimenea junto a los calcetines de lana. No llamó cuando mi madre dejó de dormir por acariciar mi pelo, cuando mi abuela se encerró en la cocina preparando sus mejores recetas. No llamó cuando las dos Helen de mi vida enterraron el hacha de guerra por mí. No llamó cuando regresé a mi casa y todo me recordaba a él. No llamó, nunca. Prefirió dejar mi herida abierta, mi dolor oxigenado, mi corazón con la duda. Eligió el silencio y me condenó a un centenar de preguntas sin respuesta. Escogió el peor camino, el de la cobardía y me dejó indefensa ante mis propias dudas.

Cansada de llorar, de no encontrar respuestas, de llamar a un teléfono que no respondía, que me privaba de una necesidad tan básica como la de entender sus motivos, las razones por las que un día decidió olvidar y no darme derecho a réplica. Cansada de sufrir por un fantasma, un día de febrero borré su número de la agenda de mi móvil, pero antes de hacerlo, lo escribí en un trozo de papel con tinta azul, lo doblé cuatro veces y lo escondí en un lugar en el que sabía podría encontrarlo; la caja de mis recuerdos. Quise cerrar un capítulo pero no me resistí a dejar una ventana abierta. Era tan grande el sentimiento que tenía hacia a Quim, que me negaba a dejarlo marchar. Sentía que no era justo, que una historia como la nuestra no podía olvidarse así como así.

Necesitaba librarme del dolor pero no de él. Quería dejar de sufrir pero no de quererle. Había sido tan feliz a su lado que me aferré a los recuerdos, ignorando que una persona que no da la cara, es cobarde y cruel. Que si Quim algún día me quiso el modo en el que decidió desaparecer lo desacreditó por completo y que quien te hace sufrir una vez, lo hará siempre. Yo quise quedarme con lo bueno, es un modo más bonito de vivir, pero no aprendí la lección que Quim me estaba dando.

Han pasado casi veinte años y pocas veces he recordado a Quim en este tiempo. Hay lugares; Bescanó, Girona… que me recuerdan a él. Nombres; Quim, Luna… que al escucharlos, refiriéndose a otras personas, me han hecho revivir como pequeños flashes de luz, el amor de mis veintidós años. Pequeñas imágenes, inocuas, indoloras, que han pasado frente a mí recordandome el camino. Pequeñas lecciones aprendidas, recuerdos que ahora me parecen tiernos y miro con dulzura la Elena que fuí.

La semana pasada, casualmente, pensé en él. Como todo los años, a principios del mes de mayo, visité a mi dentista para hacerme una higiene bucal. He heredado de mi madre una malísima salud gingival y por mi propio bien, tengo que ser muy estricta con las visitas que hago a mi odontólogo. Odontóloga en este caso.

Desde hace un año, Beatriz, una nueva incorporación en la clínica a la que asisto habitualmente, se encarga de mi "pequeño problema". Una joven rubia, delgada, con manos pequeñas y voz dulce. A pesar de sus treinta y un años, Beatriz tiene el aspecto de una niña. Trabaja detrás de unas gafas granates que combinan con un uniforme del mismo color y contagia la ilusión de los primeros trabajos, el momento en que el mundo laboral te da una oportunidad y recibes la recompensa a tantas horas de estudio. Lleva poco tiempo trabajando en la clínica pero parece que se ha adaptado bien, al menos eso intuí la primera vez que la ví, el día que me contó que estaba organizando su boda con el que había sido su pareja durante los últimos seis años. Claro que aquel día, no se imaginaba que nuestra cita, un año después, anunciaría el fin de todos sus planes.

- Buenos días Elena. Encantada de verla de nuevo. ¿Cómo está?

- Bien, gracias - respondí - con sueño - eran las ocho de la mañana - pero bien. ¿y usted?

Era una de esas preguntas de las cuales no esperas respuesta o al menos no más allá de un <<bien, gracias>>. Hubiese bastado. No a ella.

- Bueno... - me dijo mostrando sus ojos tristes detrás de un cristal miope - No sé si le conté que iba a casarme - asentí con la cabeza mientras el sillón automático se reclinaba dejándome en una posición indefensa - Pues resulta que mi prometido desapareció el mes pasado. Así - dijo chasqueando los dedos - se esfumó.

- Lo siento mucho - confesé. Me sentí incómoda ante aquella declaración, no sabía cómo consolar a la chica, ni siquiera si ese era el papel que me correspondía.

- Y se ha marchado a México con otra - remató.

No le pregunté cómo se sentía, porque podía adivinar la respuesta y decidí que pasarlo por alto podía hacerle olvidar por unos minutos el sufrimiento de sus últimas semanas. Recordé cómo me sentí yo cuando Quim dejó simplemente de llamar. Lo peor no es aceptar que la persona a la que amas deja de ser parte de tu vida, lo peor es no saber el por qué, pensar que no te lo mereces, que no es justo, que tú te has portado bien, que te has ganado al menos el derecho de saber, de entender por qué la otra persona un día decide simplemente desaparecer.

La duda ni siquiera te permite odiar, enfadarte, llamarle y gritar. La duda te deja un vacío y se va.

- ¿Cómo tengo la boca? - Le pregunté. Al fin y al cabo, aquella era la sala de una dentista y yo estaba tumbada sobre un sillón, con un enorme foco blanco alumbrando mi boca abierta.

- Pues no muy bien, la verdad - me asusté - imagínese, he tenido que cancelar toda la boda yo sola.

Entendí que Beatriz necesitaba hablar, que su mundo se había reducido a su dolor y que no había hueco para escapar de él. Entonces, me puse de su parte y la escuché. Me contó que dos años atrás, a los cuatro meses de que su pareja le pidiera matrimonio durante unas vacaciones en Nueva York, a él le entraron las dudas y decidieron romper el compromiso. Ella se marchó a Tailandia quince días para pensar mientras él decidió hacer lo contrario, no pensar, en la cama de otra mujer de la que ella desconocía el nombre. Antes de que su avión aterrizase de nuevo en Barcelona, Beatriz, empezó a recibir mensajes de un arrepentido ex-prometido que le confesaba sus quehaceres entre sábanas ajenas y le pedía una nueva oportunidad.

- Solo tú puedes entenderme, no hay nadie que me conozca mejor que tú. He necesitado separarme de tí para entenderlo. Por favor - le rogaba él - vuelve conmigo.

Ella tuvo dos opciones, creerle o no. Eligió la primera. Aunque sabía que era un hombre que solo se amaba a sí mismo, que el matrimonio y la posibilidad de poner su propio bienestar en un segundo lugar, no entraban en sus planes y que un hijo, o una hija, eran solo una resta en la calculadora de su cuenta bancaria. El ex-prometido, al que en ningún momento se refirió por su nombre real, es, según ella misma me dijo, un hombre egoísta, narcisista y superficial. Un manipulador en serie, si tal cosa existe. Su carrera profesional es el gran amor de su vida y el resto, tan solo actores secundarios que entran y salen de escena según a él le conviene. Un hombre carente de empatía para el que los sentimientos ajenos no valen nada.

- ¿Sabes? Yo siempre he querido ser madre - me dijo Beatriz - Para mí el único objetivo de casarme era crear una familia, por eso cuando él volvió pidiéndome una nueva oportunidad, le dije que si lo hacía sería para tirar hacia delante con todo el equipo. Que yo no estaba dispuesta a volver atrás, como cuando teníamos veinticinco años y cada uno vivía en una casa. Mi objetivo era crear una familia. O todo o nada.

Al parecer, él aceptó el todo, aunque en el fondo, ambos sabían que no daría nada.

Ella le creyó, porque la idea de no cumplir con su sueño de ser madre y crear una familia era más dura que la tristeza del fracaso. Le creyó porque no hacerlo significaba renunciar a aquello que quería, aunque supiese que él no era la persona adecuada, aunque en el fondo de sí misma tuviese la certeza de que se estaba equivocando y tal vez pudiese incluso intuir el drama que le explotaría en la cara pocos meses después.

Le perdonó porque le habían educado para ello, porque en las películas románticas el final feliz viene siempre después de una ruptura o una decepción. Le perdonó porque creyó que él cambiaría por ella. Le perdonó y se olvidó preguntarse lo más importante. ¿Soy feliz a su lado?

Si aquella pregunta se la hubiese hecho el día que regresó de Tailandia, con su maleta de piel en la mano y fue directa a la casa que ambos compartían, se hubiese ahorrado las lágrimas que llegaron después. Pero no lo hizo, porque hay veces en las que el miedo a sentirnos fracasadas nos hace seguir adelante, pensando equivocadamente que la infelicidad es sólo una parte más del camino hacia el éxito y solo ahora, en su consulta, compartiendo su tristeza con una desconocida, se confesó a sí misma que en realidad hacía varios años que no era feliz a su lado.

- Sé que te lo habrán dicho un millón de veces en los últimos días y seguramente aún no seas capaz de verlo - le dije - pero créeme, es lo mejor que te podía pasar. Casarte con él, tener un hijo con él, hubiera sido tu condena.

Ella asintió tristemente. Me creía, quería creerme, pero aún le dolía el cuerpo de tanto sufrimiento y aunque sabía que el tiempo curaría su herida, se sentía cansada de esperar.

Aquella mañana, mientras caminaba hacia la oficina, pensé en por qué una mujer como Beatriz, independiente, resolutiva, trabajadora y económicamente estable, renunciaba a su felicidad por el falso amor de un hombre. Pensé en por qué nos empeñamos en dar segundas oportunidades que sabemos van a fracasar. Pensé en por qué luchamos por una causa equivocada y perdida de antemano. Pensando... pensé en Quim y en la joven que decidió darle la oportunidad que él no merecía. Yo.

A mis veintitrés años recién estrenados, un viernes del mes de junio en el que salí de la universidad, llegué a casa, eché la siesta en pantalón corto y me desperté con antojo de patatas fritas, escribí a Quim. Habían pasado seis meses desde las navidades en Norfolk, cuatro desde que decidí borrar su número de teléfono y guardarlo en la caja de los recuerdos. Me había hecho fuerte pero seguía pensando en él al menos un par de veces por semana. Siempre había algo, una canción, una mirada, un olor... que me devolvía a Quim. Su recuerdo no me dolía, pero tampoco había desaparecido. Dejé de hacerme preguntas aunque algunas noches, al cerrar los ojos, solía pasear por mi memoria y repetir aquel sentimiento, joven e inocente, que me había conquistado el otoño anterior.

A veces dudo de si a lo largo de mi vida me he enamorado de las personas o de la historia que he construido a su alrededor. De si era la otra persona la que me conquistaba o me enamoraba del sentimiento que había nacido en mi interior. Es tan bonito estar enamorada que creó me dejé llevar. Puede que los hombres a los que amé no siempre fuesen tan interesante como yo creía pero fue bonito mientras les quise, el tiempo que duró mi enajenación mental.

Mi historia con Quim era una de esas tragicomedias maravillosas. Una historia que era casi una musa. Valía para escribir cientos de poemas, un álbum musical, un obra de teatro y hasta un *thriller*, si la cosa se torcía. Seguramente él, Quim, era mucho más simple que todo eso, ¿pero cómo renunciar a semejante historia?

El día que le escribí, seis meses después de nuestro último encuentro, no supe por qué lo hice. Quizás buscaba un último intento que confirmase la muerte de aquella historia y me permitiese deshacerme de su número de teléfono y olvidarlo por fin. O tal vez, me resistiera a pasar un verano sin una bonita aventura que contar.

Me gustaba estar enamorada, sentirme identificada con las canciones que escuchaba, soñar con un <<por siempre>> que no era eterno, un fuego que nacía y moría en mí. Un sentimiento propio, que llenaba los minutos de mi día a día. No es que no tuviese miedo a amar, es que era una kamikaze. Yo quería amar, más incluso de cuanto deseaba ser amada. Por eso escribí a Quim, porque no quería renunciar a ese sentimiento que tanto que me gustaba.

Me acerqué a la cajita metálica, en la que una mariposa de color verde con las alas abiertas, protegía mis recuerdos. Allí guardaba mi primer billete de metro en Londres, una pulsera de hilo que hice en la escuela, la estrella de mar que me regaló mi padre al nacer, mi primer carnet de estudiante... en esa caja guardaba todo cuanto mereciese ser recordado en mi vida y fue allí, donde guardé a Quim. Abrí la tapa y saqué el papel doblado en el que había escrito, con tinta azul, su número de teléfono. Sin su nombre, no lo necesitaba, sabía perfectamente a quién pertenecían esos nueve números. El lugar exacto de la tierra en el que un teléfono anunciaría mi mensaje, con mi nombre o sin él.

- Hola Quim. ¡Cuanto tiempo! Sé que te parecerá extraño que te escriba y seguramente lo sea, pero hoy he pensado en tí y me ha apetecido escribirte y saber cómo estás. Espero que todo te vaya bien. Elena.

Eran las siete de la mañana cuando el sonido del teléfono me despertó. Aún no quería levantarme, me dí media vuelta en la cama con el deseo de seguir durmiendo, pero no lo conseguí. No pensaba en Quim, no es que hubiese olvidado el mensaje de la tarde anterior pero cuando sonó el teléfono, supuse que sería alguna amiga contándome algún cotilleo sobre la fiesta universitaria del jueves anterior. Pero ya estaba despierta, así que agarré el móvil para despejar la duda y ví número desconocido seguido de un <<Hola Elena>>. Quim había respuesto.

- Hola Elena. Me ha gustado mucho recibir tu mensaje. He pensado muchas veces en escribirte pero nunca he tenido el valor de hacerlo, gracias por haber sido más valiente que yo. Espero que estés bien. Quim.

¿Y ahora qué? - pensé. Sentí que tenía una bomba entre las manos y no tenía la más remota idea de qué hacer con ella. Escribirle había sido una temeridad, un error, no tenía sentido... pero él había respondido. ¿Por qué ahora? ¿por qué ahora sí y hace seis meses no? ¿podía fiarme de él? No, eso seguro que no... ¿quería fiarme de él? Si, ¿por qué si no le habría escrito?. Leí y releí el mensaje decenas de veces. Comprobé que el número de teléfono fuese el suyo y no de alguien gastandome una broma pesada. No podía creer que después de seis meses, de todas las llamadas sin respuesta, los mensajes, el sufrimiento, que después de todo lo que había pasado fuese tan fácil como escribirle un viernes y recibir su respuesta el sábado. ¿De verdad? ¿era todo tan fácil? ¿tan simple? ¿qué había pasado durante este tiempo? ¿qué había cambiado?

Tenía sobre todo dos grandes preguntas, ¿por qué se fué? y ¿por qué decidió regresar?

Llegué a Bescanó a las doce del mediodía con la tranquilidad del camino conocido. Me sentía serena, fuerte, confiada. Aquella mañana, aún desde mi cama, respondí al mensaje de Quim y después de intercambiarnos varias frases rutinarias del tipo <<todo bien>>, <<como siempre>>, <<disfrutando del verano>>... le propuse vernos. Después de todo lo vivido ¿Qué sentido tenía escribirnos? había una historia que cerrar (o abrir). No podíamos volver a los mensajes, a hablarnos como si no hubiese pasado nada. Podíamos ignorar lo sucedido pero entonces más nos valía ignorar también lo que fuese que estuviese por suceder. Puede que el tiempo cure las heridas, pero no hace magia, no perdona y no tiene la habilidad de anular lo que pasó.

Ninguno de los dos sabíamos lo que podíamos esperar del otro y vernos aquella mañana de junio, era la única manera de descubrirlo.

Cuando llegué a los contenedores de la esquina y enfilé la carretera empedrada que me llevaba hasta su casa, paré en seco. El recuerdo al sufrimiento hizo que me preguntara una decena de veces si estaba segura de lo que estaba haciendo. Abría la puerta a la tormeta de enero, a un amor que obviamente no había olvidado y que se presentaba en un campo abierto, frente a mí, con la luz de la casa apagada y la incógnita de lo que me encontraría después de tantos meses de silencio. ¿Realmente estaba preparada para abrir la caja de Pandora?

- Sí - pensé.

Por alguna razón había dejado una ventana abierta el día que cerré su puerta y esa razón, razonable o no, tenía que ser resuelta. Si me equivocaba, lo haría al menos con las botas puestas.

Aceleré sin preocuparme por las piedras y los agujeros del camino, aceleré para no pensar y llegar lo antes posible. Fuese lo que fuese, pasase lo que pasase, yo tenía que vivirlo, tenía que intentarlo.

El corazón me latía con fuerza, tenía una risa nerviosa, un calor repentino. Apagué la radio, bajé las ventanillas del coche y respiré profundo. Regresaba a Bescanó. Habían pasado solo seis meses y tenía la sensación de que era toda una vida.

Los recuerdos me parecían lejanos aunque tuviese la extraña impresión de estar en tierra amiga.

Allí, todo seguía igual. Los árboles daban sombra al camino, el río Ter descendía tranquilo, el cielo estaba despejado y el sol brillaba a lo alto. Mientras desaceleraba para girar en la última curva, llené de aire los pulmones, recuperé el pulso y recordé a los amantes del circulo polar. - Valiente... valiente, valiente... ¡Salta valiente! - .

Luna salió a saludarme y detrás apareció él. Más guapo que antes, dolorosamente guapo y yo estaba inevitablemente perdida.

Había adelgazado desde la última vez que lo ví, lo noté nada más verle. Llevaba una camiseta blanca, de media manga, que mostraba el bronceado de su piel. Había cambiado las botas de monte por unas zapatillas más veraniegas pero seguía siendo fiel a sus pantalones vaqueros rotos. Se le había aclarado el pelo, que bajo el sol del mediodía parecía casi rubio. Tenía un aspecto más infantil pero al mirarme y sonreír comprobé que seguía siendo igual de guapo que antes, incluso más. Si es que tal cosa, alguna vez, me pareció posible.

Quim había preparado un aperitivo en el jardín con dos cervezas, aceitunas y un paquete de patatas fritas. Nos saludamos con cariño y borramos con un abrazo el tiempo pasado, como si el mes de noviembre hubiese sido ayer y el calor de ese mediodía de junio, un extraño fenómeno invernal pre-Navideño. Nada indicaba una relación terminada, mis lágrimas, quizás las suyas y un gran incógnita. Nada. Era todo tan perfecto, tan "como antes", que nos dejamos llevar y pospusimos la conversación pendiente.

- No tengo nada de comida en casa - dijo cuando faltaban pocos minutos para las dos de la tarde - si te apetece, te invito a comer al asador de un amigo mío.

Me senté en el lado de copiloto de su furgoneta blanca, la que tantos y tan buenos recuerdos me traía. Tomamos las curvas intercalando sonrisas, evitando hablar de las cosas que teníamos por decirnos. Dejamos a un lado los reproches, disfrutando simplemente de ese momento, de una nueva oportunidad que no sabíamos a dónde nos llevaría, viajando hacía el único destino que por el momento podíamos garantizar, el restaurante.

Fueron diez minutos en los que apenas hablamos. Estábamos cerca pero lejos. Nos mirábamos de vez en cuando pero no podíamos dejar de pensar en todo cuanto teníamos por decirnos. Aquella conversación pendiente era como un fantasma, una sombra que nos perseguía.

Sabía que tenía que pedirle explicaciones, que no podía salir impune. No podía sonreír y hacer como si nada hubiese pasado. No podía pero lo hice. Me dejé llevar por el recuentro, por el sentimiento que nunca había olvidado, por su voz, el modo en que me miraba. Me dejé llevar y quise regalarme ese instante. Pasase lo que pasase después, cualquiera que fuese su excusa, tendría que esperar. Después de tantas lágrimas, me merecía disfrutar de ese momento.

Siempre he sido una persona de mar. Tampoco tenía otra opción <<que las olas te traigan, que las olas te lleven y que nunca te obliguen el camino a elegir>>. Mi vida siempre ha estado ligada al mar, a la costa mediterránea. He visitado muchos países, paisajes maravillosos, culturas que me han dado grandes lecciones de vida, pero después de cada viaje, he regresado invariablemente a casa, a mi mar. No he sabido encontrar un lugar en el que me sienta mejor. Bescanó es mucho más rural. Tierra de agua dulce, sauces, chopos y álamos. Allí el horizonte tiene fin y no es azul, es verde. Bescanó es la espalda de mi casa. Es norte, pero no el mío. Podía perderme durante unos instantes, días, incluso años, pero siempre regresaría a mi mar.

El restaurante era una antigua casa de piedra con techo de madera. Apenas se leía el cartel de entrada y si Quim no se hubiese adelantado a abrir la puerta e invitarme a entrar, yo hubiese pasado de largo. Su amigo le saludó con un abrazó.

- ¡Cuánto tiempo sin verte Quim! ¿Qué es de tu vida?
- Lo sé... soy un desastre, hace meses que no paso a saludarte. He tenido un invierno duro pero bueno... - cortó enseguida las explicaciones, protegiendo su mirada de la mía - ¡ya estoy aquí! Te presento a Elena.

Elena, sin más. No dijo quién era para él Elena. Si era su ex pareja, una amiga o una prima lejana... dijo solo Elena.

- Encantado.
- Igualmente - respondí.

Nos sentamos en la última mesa del comedor, al igual que hicimos en el restaurante vasco de nuestra primera cita. Lejos del resto del mundo, en el rincón de nuestra intimidad. No había mucha gente en la sala, apenas dos mesas con los postres y el café. Eran las tres y cuarto de la tarde y supusimos que éramos los últimos comensales del turno de mañana.

De la cocina salía olor a carne a la brasa. Un par de años después de aquel reencuentro, me haría vegetariana pero a los veintitrés años no podía resistirme a una buena chuleta. Me dejé aconsejar por Quim con la elección del menú y el vino. El camarero, sacó un plato de embutidos de la tierra con pan de coca para amenizar la espera. Fue una comida tranquila, hablamos sin profundizar demasiado sobre los quehaceres de nuestra vida durante los últimos meses, esquivando cualquier tema sensible que pudiese recordarnos la conversación que seguíamos teniendo pendiente y que ambos evitamos. Me habló de las obras de la casa, del proyecto de abrir su propia empresa de jardinería.

No habíamos perdido ni una pizca de la complicidad pasada. Seguía divirtiéndome su sarcasmo, su humor refinado, el modo en el que mezclaba los idiomas cuando hablaba. A veces usaba el catalán y a veces el castellano. Él no era consciente de que lo hacía y yo no se lo dije. Era bonito escucharlo hablar torpemente, buscando las palabras adecuadas para rendirse después y dejarse llevar. Yo hablé poco durante la comida, me dediqué a observarlo, a intentar entender qué había pasado. Seguía resistiéndome a hacer la maldita pregunta pero no me la quitaba de la cabeza. Tampoco cuando brindamos y Quim repitió el "nosotros" de los primeros encuentros.

Alargamos la sobremesa con la confianza de estar en un lugar conocido, tan conocido que por un segundo, fue también indiscreto.

- Quim, ¿es tu chica?

Yo había dejado la mesa para ir al baño, cuando el camarero y amigo se le acercó. Escuché la voz desde la ventana abierta de los servicios y me quedé inmóvil esperando su respuesta.

- Estuvimos juntos un tiempo y luego... - se paró. No pude ver sus gestos, su ojos, el lugar en el que apoyaba las manos mientras hablaba de mí, de ese nosotros que tan bien sonó un vez, antes de las lágrimas, la decepción y el sufrimiento de un silencio disuelto en humo y espera - nos estamos dando una segunda oportunidad.

Aquella confesión, si así podía llamarse, me pilló por sorpresa. Creo que en el fondo era eso lo que yo deseaba, aunque aún no me había parado a pensarlo. ¿Por qué si no había ido hasta allí? ¿Por qué razón había decidido romper con la tranquilidad de mi rutina y regresar a la tormenta anunciada y conocida que no podría pillarme por sorpresa? Tuve que hacerlo con conciencia, por muy inconsciente que aquella decisión fuese.

- ¡Suerte tío! - se despidió el amigo.
- Gracias.

Esperé unos segundos antes de volver a la mesa, intentando poner la cara de no haber escuchado nada, de no haber sonreído en la intimidad del baño. Sentía una pequeña satisfacción ante aquella respuesta. Como si hubiese ganado una batalla, una victoria que no esperaba.

Habíamos comido tanto que necesitamos caminar para aligerar el cuerpo. Al regresar a Bescanó, recogimos a Luna, que siempre corría delante nuestro y luego se veía obligada a pararse y esperar. Caminamos sin rumbo, dejándonos llevar por el sendero de los caminos verdes, el surco que las ruedas de los tractores dejan en la tierra. Su huella.

Estábamos de nuevo allí, en la alegría de un sueño de noviembre, la ilusión de dos amantes que aún tienen todo por descubrir. Nuestras manos, torpes, se acariciaban accidentalmente en cada paso y las miradas confirmaban el placer del reencuentro. Si el pasado no hubiese dolido tanto, ese sería un precioso inicio. La mejor manera de reescribir nuestra historia. A pesar de que yo quisiera obviarlo, luchase por olvidarlo, desease con todo mi corazón ignorar el sufrimiento gratuito que Quim me causó, no podía. Una alarma sonaba dentro de mí, una desconfianza que venía del pasado.

Quise tan solo vivir aquel día como un regalo, sin mirar atrás, sin pensar en el futuro, sin recordar ni soñar. Respirar cada momento, y dejarme llevar. Tenía sólo veintitrés años, me había ganado el derecho a equivocarme si quería y volverme a levantar.

Atardecía sobre las montañas. Sabía que ese era el momento de marcharme, pero no quería hacerlo. El anochecer me atraparía en su casa si me quedaba y era mejor si regresaba a la mía mientras la luz del día iluminaba la autopista, pero rogué que el sol se escondiera pronto y me sorprendiese una oscuridad anticipada, la trampa de mi regreso a casa.

Inventamos conversaciones para engañar al tiempo y cualquier excusa era buena para robarle al reloj los minutos que queríamos para nosotros solos. Éramos de nuevo "nosotros" y no queríamos deshacernos de aquella palabra. Me mostró los avances de la casa, la habitación naranja que su hermana pequeña le ayudó a pintar, el huerto casi adulto que rodeaba el jardín.

- Voy a comprar también unas gallinas.

Quim, su casa, la vida en el campo, Luna... representaban todo cuando yo idealizaba a esa edad. Era fácil soñar a su lado, con la complicidad de sus palabras tercas, su acento tosco y su mirada infantil. Las manos casi vírgenes, ignorantes de un trabajo terrenal que no era solo su profesión, también su pasión o más allá, su modo de comunicarse. Era un animal salvaje con piel de cordero, la bondad traducida en apatía, en una minusvalía sentimental escondida bajo llave, oculta entre miradas dulces, gestos torpes y una atormentada belleza sutil e irresistible. Quim era una huella imborrable, una droga dura con sabor dulce y resaca persistente.

- ¿Te quedas a cenar?

Era la peor de las preguntas. Tendría que haberme marchado, arrancar el coche y dejar aquel sueño para las noches de insomnio, pero no lo hice.

- No lo sé... - respondí mirando el reloj en mi mano derecha - son casi las nueve... - ¿cómo terminar aquella frase?
- Venga, meto un par de pizzas en el horno, saco unas cervezas y cenamos aquí.

Gracias Quim por escribir el final.

Sentados en el sofá, frente a frente, con la chimenea vacía y Luna buscando su hueco. Con los platos sucios sobre la mesa y las migas de pan en el suelo, decidí que había llegado el momento. Teníamos que hablar. Pronunciar lo impronunciable, destapar el fantasma que nos llevaba persiguiendo todo el día.

- Quim...

Él debió de ver como la expresión de mi cara cambiaba. Tenía un gesto más duro, una mirada cruda. Entendió que había llegado el momento y no me dejó realizar la pregunta. Se adelantó y empezó con la explicación que yo llevaba seis meses esperando.

- Elena, sobre lo que pasó en enero - yo sabía que aquel momento tenía que llegar, que ninguna herida se cerraría sin explicaciones pero tenía miedo de romper la calma, la reconstrucción silenciosa que habíamos empezado esa misma mañana en el jardín de su casa. Temía que las excusas, si es que las había, las justificaciones, creíbles o no, rompiese en el hechizo de aquel día de verano - quiero disculparme - concluyó.

Quim me contó que durante las fiestas Navideñas había sufrido una suerte de depresión. Empezó a emborracharse, a dormir en el sofá y a dejar que la casa se llenase de polvo y basura hasta que una mañana, su amigo Manu, después de una semana sin responder a las llamadas, aporreó la puerta en busca de respuestas y al verle hundido y vencido, lo metió en la bañera, lo lavó y vació las botellas de ron y whisky por el fregadero de la cocina. Quim no sabía de dónde había salido aquella reacción, ni qué fue exactamente lo que le provocó la depresión pero sintió la necesidad de alejarse de todo y de todos, de aislarse, de reescribirse.

- Lo que más me dolió de todo fue perderte, porque tú has sido lo mejor que me ha pasado en los últimos años. Tú eres tan especial que a tu lado me siento pequeño, gris. - Le temblaba la voz, lloraba. El sentimiento de culpa que era más grande que él y lo aplastaba - Tú no te merecías lo que te hice Elena pero te alejé, como alejé a mis padres, mis hermanas y mis amigos. Podía haber confiado en tí, pedirte ayuda... - acercó su cuerpo hacía el mío, dándose una pequeña tregua, un respiro - pero no lo hice. Quemé mi dolor con alcohol, con mucho alcohol. Me ha costado varios meses recuperarme, me he puesto en forma, he empezado a hacer ejercicio, a recuperar poco a poco mi vida social y he pensado un millón de veces en llamarte. ¿Pero qué decirte? Después de lo mal que me porté contigo... ¡no tenía derecho a llamarte!

Decidí creerle, igual que mi dentista decidió creer a su ex-prometido, y le besé.

Fue un beso salado, de agua de mar, de arrepentimiento, de esperanza. Perdonamos el daño producido, nos lamimos las heridas y cuerpo a cuerpo empezamos a levantarnos de nuevo, más fuertes que antes, mejor. Nada me hacía pensar que esta vez todo saldría bien, pero lo pensé. Lo pensé porque decidí creerle, porque volví a ver el modo en el que me miraba, porque necesitaba creer que el mundo era un buen lugar en el que vivir, que el dolor que me causó no era injustificado ni gratuito, que crecer, no en altura, sino en alma, no era un proceso cruel. Necesitaba creer que amar no era peligroso y que Antonio Gala no mentía cuando decía aquello de <<el que ama gana siempre>>, porque yo había perdido en enero y no quería perder también en junio.

Aquella noche de verano incipiente y leve oscuridad, Quim y yo no nos prometimos nada porque los besos hablaron por lo dos y a la mañana siguiente, despeinados, cansados y felices, nos despedimos con las caricias del primer amor y las prisas del reencuentro.

- Hasta el viernes Elena.
- Hasta el viernes Quim.

Mi avión hacia Mahón, salía a la mañana siguiente. Había organizado una escapada a Menorca para visitar a unos amigos que acababan de abrir un bar a pie de playa y no podía aplazarlo, me esperaban. De nuevo un viaje nos separaba, pero esta vez la espera sería corta, el jueves por la noche estaría de regreso a Barcelona y el viernes volvería a Bescanó para pasar el fin de semana con Quim. Así lo habíamos hablado cuando nos despedimos y así creí yo que sucedería.

A lo largo de mi vida, he hecho muchos viajes y casi todos han sido en el momento equivocado. La necesidad de reservar los billetes de avión con antelación y mi manía por vivir cada minuto con la mayor intensidad, han hecho que los planes se me atropellasen y que lo que un día me parecía la mejor opción, a penas dos semanas después me impedía realizar un plan aún más apetecible. En realidad no sé si los viajes me han condenado o me han salvado, de lo que estoy segura es de que nunca me han dejado indiferente.

Menorca fue y sigue siendo uno de mis destinos preferidos. Para perderme, encontrarme, depurarme y sobre todo, respirar. Tenía una habitación reservada en la casa de la amiga de unos amigos, el típico favor con el que todos, hasta los intermediarios, salen ganando. Silvia, la propietaria del primer piso de una pequeña casa en el centro de Mahón, vivía con Yan, su hijo de ocho de años. Trabajaba como camarera para pagar los interminables gastos de una madre soltera y las tres mil pesetas por noche que yo le pagaría por la habitación de invitados, sin IVA, sin factura y sin compromiso, no eran oro, pero tampoco era una cantidad desdeñable. Compartiríamos baño, pasillo y si yo quería cena, bastaba con avisar antes de las seis.

Mis amigos estaban en Son Bou, a veinte kilómetros de la capital y no sería hasta el día siguiente, martes, cuando pasaría a saludarles y ver el local que habían montado. Tenía toda la tarde libre para pasear por la ciudad, disfrutar de sus luces, sus calles y su mar.

- Estoy sentada viendo las luces del puerto reflejadas en el agua, es tan bonito el mediterráneo que me parece estúpido que pueda separarnos. Mismo mar, distinto paisaje. *Bona nit* Quim.
- Disfruta de Menorca Elena. Eres una privilegiada, no existe isla más bonita en todo el mundo. Sobre todo si estás tú. *Bona nit.*

Al día siguiente me desperté temprano. La luz del sol entraba por la ventana e invitaba a salir de la cama.

- *Bon dia* Quim. Me marcho a la playa - escribí - dejo el móvil en la habitación, hablamos cuando llegue. Que pases un bonito día.

Salí con los pantalones cortos, una diminuta camiseta negra, el biquini, la toalla y unas pocas monedas en el bolsillo. Me recogí el pelo con la goma que Quim me prestó en su casa, la que desde la despedida llevaba en mi muñeca izquierda.

Desayuné un café con leche y un bocadillo de jamón y tomate en una terraza mientras miraba a la gente pasar. Había decidido no llevar ni música ni libro, concentrarme en mí misma y en el paisaje.

Aquella mañana no soplaba el viento, al menos no entre las estrechas calles de la ciudad. Las palmeras que protegían el monumento de una cupletista, escondían sus sombras entre las ventanas aún cerradas. Las bicicletas traqueteaban entre la piedras, dejándose caer por las avenidas, esquivando a los niños y niñas que libres de obligaciones escolares se acercaban salvajemente a los parques, gritando y riendo, soltando las manos de unas madres ya cansadas y el día no había hecho nada más que empezar. El verano no había hecho nada más que empezar. Imaginé su deseo - que llegue pronto septiembre - y lo rechacé - que nunca llegue septiembre - .

A las diez en punto cogí el autobús que me llevaría a Son Bou y antes de las once de la mañana estaba presumiendo de amigos a pie de playa. Habían montado un local precioso con grandes cristaleras y diversos espacios divididos con láminas de madera clara que rompían el blanco de las paredes. Nos conocíamos desde los primeros trabajos temporales que aceptamos para pagar la universidad y aunque ellos habían dejado Barcelona para viajar por el mundo entero, nunca perdimos el contacto. Habían trabajado en una lonja de pescado en Noruega, en la cocina de un hotel en el sur de Irlanda, en un barco pirata que se hundió inexplicablemente en las tranquilas aguas de Cerdeña y la última vez que los ví, caminaban descalzos sobre el cemento de la ciudad, con los pies negros y el pelo lleno de sal. Yo les llamaba mis príncipes errantes porque una vez, recibí una carta suya desde la India, subidos al lomo de un elefante que decía <<no podemos prometerte mil y una noche en palacio, pero si quieres, cada mañana al despertar, tendrás un zumo de naranja fresco sobre la mesa>>. Nunca nadie me hizo una declaración mejor y es que de entre todas las formas que existen de amar, nosotros nos queríamos de todas las maneras pero no de cualquier manera. El nuestro era un sentimiento recostado en otra dimensión, donde ni el corazón ni el tacto habían estado jamás invitados.

Llegué a Son Bou para cobrarme una promesa hecha desde un mar lejano y acabé usando su sal para cicatrizar mis heridas. Era precioso estar allí, siendo parte de su sueño. Hay alegrías ajenas que curan más que las propias.

La felicidad del reencuentro se vio atropellada por turistas insaciables que exigían su turno y yo, amiga orgullosa, cedí mi silla y ocupé otro discreto lugar. Sabía que mis amigos no estaban destinados a ocupar siempre un mismo sitio y que hoy era Menorca y mañana ya se verá, pero era tan bonito tenerlos cerca....

- Chicos, os dejo trabajar. Voy a darme un baño.

Me despidieron con un guiño de ojos desde el fondo de la barra.

No había mucha gente en la playa, para ser Menorca y verano, claro. Enseguida encontré un hueco en la arena donde extender la toalla. El paisaje era precioso pero yo necesitaba reencontrarme con mi mar. Doblé los pantalones, me quité la camiseta y fui hacia la orilla.

- La goma - pensé - Llevaba el pelo aún recogido y no quería que se mojase. Era una tontería, pero desde la mañana del domingo en la que Quim me prestó esa goma frente al espejo del baño para recogerme la melena, sentí que esa pequeña tela elástica era parte de él, como si al tenerla sobre mi piel pudiese sentir su abrazo, creer que todavía existía, que lo vivido aquel sábado había sucedido, que no era sueño. Que Quim era real. No quería estropear la goma con el salitre del agua de mar, quería protegerla como si con ello le protegiese a él, a mí, a nosotros.

Retrocedí con mis pies descalzos sobre la arena y guardé la goma de color morado en el bolsillo de mis pantalones cortos. Bajo la toalla.

Fue un baño apacible, largo, en el que disfruté de mi cuerpo, de la ligereza de las olas, del sabor a sal en mis labios. El sol quemaba mi pelo, que se movía al mismo ritmo del mar, bajo un agua suave y de color turquesa. La vida nos regala muchos placeres y ese fue uno de ellos. No tenía prisa, nadie me esperaba, nada me impedía tomarme mi tiempo, gestionarlo a mi gusto, controlar mi libertad. ¡Qué bonita sensación! El mar y yo como dos amantes, sin testigos, dedicados al placer.

Estuve ahí un largo rato. Se me arrugaron los dedos, se me ensanchó la piel y al regresar a la toalla que abandoné no sé cuánto tiempo antes, me cepillé el cabello y saqué los pantalones de su escondite para recuperar la goma de Quim, pero ya no estaba. Había desaparecido. La busqué entre la arena, en los pliegues del pantalón, bajo todas las toallas que me rodeaban. La busqué donde sabía que no estaba. Removí cada obstáculo, cada grano de arena pero no la encontré. Lo que me quedaba de Quim había desaparecido, igual que él. Fue como una premonición, su forma de decirme adiós. Supe al instante que Quim no respondería nunca a mi último mensaje, que cuando regresase a la habitación que tenía alquilada, mi teléfono seguiría sobre la cama, pero no encontraría su respuesta. Lo supe y no me dolió.

No habría más ausencias, ni excusas, ni lágrimas. Nada que tuviese que entender. Quim no desapareció, en realidad nunca estuvo. El reencuentro fue su adiós, mi adiós, la despedida que al menos yo me merecía. Lo había intentado, estaba en paz.

Regresé a mi mar, a ese que cura todas las heridas. Picaba, sí... escocía, sí... pero todo lo que pica, cura.

Volví a Mahón caminando, con el salitre tatuado en la piel. Aún dolía pero el dolor demuestra solo una cosa, que estamos vivos. Lo contrario es morir, en muerte o en vida. Caminé para despedirme de él, para hacer mi duelo en silencio, en la tranquilidad de un paisaje con garantías de éxito, en una isla en la que nada puede salir mal. Necesitamos despedirnos de las cosas, de las personas, hacer el duelo para poder olvidarlas. Ignorar los problemas nunca es una opción, sobreponernos a ellos sí.

Caminé los veinte kilómetros que separan Son Bou de Mahón sin derramar ni una sola lágrima, sin gritar, sin odiar, redecorando mi corazón, cambiando los sentimientos de sitio, creando un nuevo hogar en el que habitasen mis ilusiones.

Al llegar a la habitación, ya de noche, mi teléfono confirmó lo que yo ya sabía, pero la vida seguía adelante, más hermosa, más sabia, más vivida. Regresé a Barcelona con una cicatriz nueva, un recuerdo de guerra, una marca de amor.

No volví a saber nunca más de él y tampoco lo busqué.

Quim fue mi primer desamor. Una lección de vida. Él, sin pretenderlo, me enseñó que yo no soy culpable de las decisiones ajenas, que lo que las demás personas hagan es exclusivamente responsabilidad suya y que tengo el derecho de vivir y amar a mi modo, sin que nadie me diga lo que tengo que sentir. Me enseñó que ilusionarme y confiar, no es un error. No importa que las cosas después salgan bien o mal. No es el final del camino nuestro objetivo, sino el trayecto. Me enseñó que mi corazón es fuerte, que tiene la virtud de amar y perdonar. Que el rencor estorba y que con el tiempo, lo que cuenta en verdad, es haber vivido. Gracias a Quim aprendí que Antonio Gala tenía razón, que quien ama siempre gana y que aquel verano, a mis veintitrés años, había ganado yo.

En realidad, Quim, no fue mi primer desamor. Quim fue, mi primer AMOR.

Cuando lo ví, la mañana de mi cuarenta cumpleaños, me costó reconocerlo. Vi un hombre que caminaba hacia a mí mirando al suelo, como si la ciudad no tuviese nada que ofrecerle, como si la vida fuese incapaz de sorprenderlo. Habían pasado diecisiete años desde que Quim y yo nos despidiéramos frente a la puerta de su casa en Bescanó y si yo no era la misma Elena de antes, él no se parecía en nada al joven de veintiséis años del que me enamoré. Era un versión envejecida y gris de sí mismo.

Soy de las personas que cree en el Karma, que toda causa tiene su efecto. Me gusta pensar que si a los cuarenta años estaba en el mejor momento de mi vida, era porque me lo merecía. Nada es gratis, nada sale gratis. Vivir es una carrera de fondo en la que no gana quien primero llega a la meta, si no aquel que disfrutó de la carrera. Llegar al final y no tener con quien compartir la victoria, es peor que rendirse ante el primer obstáculo.

No puedo decir que el aspecto de Quim fuese consecuencia de los errores de su pasado, no sería justo por mi parte juzgar a una persona por un hecho puntual. Él, tomó una decisión, eligió un camino y yo hice el mío. Estaba bien así. Ambos fuimos libres de elegir. Yo elegí amarlo y él eligió desaparecer. Pero o el karma le había jugada una mala pasada o la vida lo había tratado muy mal.

Nada en él hubiese llamado mi atención de no ser porque al pasar por mi lado sentí un olor, una sensación, un recuerdo lejano que regresaba a mí, como si aquel hombre de aspecto triste, hubiese tenido la habilidad de transportarme a un lugar al que hacía años que no regresaba.

Fue tan solo un segundo. Nos cruzamos frente a la persiana bajada de un negocio que aún no había abierto. La ciudad despertaba poco a poco, sin las prisas de un martes cualquiera. La calle, era estrecha y Quim estaba lo bastante cerca de mí como para ignorarlo. Lo miré fijamente. Debía de tener más de cuarenta y cinco años, casi cincuenta pensé. Era delgado, menudo. Caminaba con las manos en los bolsillos y la espalda inclinada, en un gesto casi imperceptible de sumisión. Como si nada pudiese ya tocarle, dañarle.

Fue tan solo un segundo. El tiempo que duró su mirada en la mía. Un segundo tan solo fue lo que necesité para recordar nuestra cita frente a las escaleras de la catedral de Girona, el olor a chimenea de su casa de Bescanó, las navidades de 1999 en Norfolk, Menorca, una cicatriz de guerra, una cicatriz de amor.

Sabía que Quim me había reconocido mucho antes de que yo recordase quién era él y cuando lo hice, imité su silencio. No había nada que decir, el tiempo no lo había curado todo pero la edad me había enseñado a ignorar los dolores del pasado.

Antes de que nuestros caminos volviesen a separarse, en el eterno segundo en el que lo reconocí, mientras su mirada era aún parte de la mía, le sonreí. No tenía nada que decirle pero él era parte de la Elena que fui, de la Elena que soy. Quim no era mi enemigo, era solo mi pasado. Una capítulo más, un recuerdo, un compañero de viaje.

El segundo duró tan solo eso, un segundo y después de él, mi camino continuó tal y como estaba. Era mi cumpleaños, era un martes del mes de mayo. Mi vida era aquello que estaba frente a mí, el pasado, como Quim, quedaba ya a mi espalda.

Barcelona siempre ha sido mi ciudad. Mi ancla, el lugar al que volver. Una amiga fiel y paciente que ha sabido entender mis manías, respetar mis espacios. Me he perdido en el orden natural de su geografía, en los colores de una ciudad que se baña en el amanecer de un Mediterráneo calmo, como la arquitectura de sus formas.

Los viajes han sido siempre parte de mi vida y Barcelona el olor de mi infacia, de los recuerdos, el lugar en el que sentirme a salvo. Cuándo los aeropuertos eran el ascensor de mi rutina, mi ciudad era mi ancla. He vivido siempre en el mismo barrio, intentando medir distancias, conocer cada huella de mi día a día, protegerme del paso del tiempo, los avances, las obras y los turistas. Mi barrio ha sido mi reino y lo he defendido siendo fiel a mi panadera, al florista que decora los balcones del vecindario, la quiosquera que se informa de las novedades literarias para compartirlas conmigo y ofrecerme novelas calentitas, como barras de pan apenas salidas del horno. Mi cine, mi escuela, el mercado de los mil colores, el bar de la esquina con la bollería casera y el café recién hecho. En mi barrio han residido todos mis olores y por lejos que viajase, una brisa, un perfume, el instinto de algo conocido, eran mi regreso a casa. A mi ciudad, a una Barcelona que me ha cuidado incluso cuando no lo merecía.

Que bonito es sentir que pertenecemos a algún lugar, aunque las calles a veces nos confundan y las señales cambien de rumbo cuando sopla el viento. Siendo parte de algo, es más fácil no sentirse sola cuando se entra en un restaurante y la silla de enfrente está vacía, cuando alguien en la recepción de un hotel se compadece por el espacio sobrante de tu cama matrimonial o cuando a la salida de un cine no tienes con quien comentar la película. No estamos acostumbrados a la soledad y esto nos condena a repetir miedos, equivocaciones, porque en el fondo solemos pensar que es mejor estar en mala compañía que en soledad. aunque el refrán diga lo contrario. Yo pertenezco a Barcelona y eso, muchas veces, me ha dado un sentido. Ha sido la mitad de mi naranja, mi limón y todos los zumos de frutas del supermercado. El amor de mi vida. El siempre te querré, el único que me garantiza comer perdices y ser felices. Mi ciudad, mi hogar.

No... no podía ser él... ese hombre que caminaba hacia a mí, con su americana abierta y el primer botón de su camisa blanca desabrochado, no podía ser él.

Entorné los ojos intentando disimular mi miopía, esperando que las pupilas pudiesen reconfortarme, decirme que me estaba equivocando, que el pasado no estaba cruzando la esquina para ponerse frente a mí.

Ese modo de caminar, con las piernas ligeramente arqueadas, los pies señalando direcciones casi opuestas, los brazos ligeros, una mano en el bolsillo, la otra disfrutando del viaje, del viento, del movimiento.

Estábamos a solo quince metros de distancia cuando me miró y mi boca respondió a su mirada con una sonrisa. Volví a sentir el deseo de años atrás. Había pasado más de una década desde que nos viéramos por última vez y seguía igual de atractivo que como lo recordaba.

Él también me reconoció al instante, quiso pronunciar mi nombre, saludarme del modo más impersonal, pero una historia pasada nos unía para siempre, el recuerdo de quienes fuimos. Las lágrimas, la pasión...

Me abrazó. En silencio, respiré profundamente, sentí de nuevo el poder de sus brazos, el olor de un perfume que me transportó a Londres, a la Barcelona de mi juventud, a las noches de hotel, los mensajes con horario de oficina, el amor prohibido y la pasión. Mucha pasión.

-   Hola Edward - le dije sin despegarme aún de sus brazos.
-   Elena....

Edward

Hubo una época en mi vida, antes de cumplir los treinta años y mucho antes de que naciese mi hija, en la que creí que el éxito profesional garantizaría mi realización como persona, como si las ocho horas diarias que pasaba en la oficina, asegurasen la felicidad de las restantes dieciséis. Todo giraba entorno a mi trabajo, desde mis relaciones personales hasta mi forma de vestir. Tenía que representar a la joven mujer de negocios que yo pretendía de ser y para eso, cada detalle debía estar medido, controlado y reafirmado. Así me lo hizo saber el señor Cuevas, mi jefe, el día que entré en su oficina para presentarle una propuesta de contrato con unos clientes Ingleses.

-   Elena, cada vez que te enfrentes a una negociación o simplemente a una reunión de negocios, tienes que tener claro que juegas, de entrada, con desventaja. Primero, porque eres mujer y segundo porque eres joven. - Lo dijo mirándome por encima de sus finas gafas metálicas, sentado en un sillón de piel que era desproporcionadamente grande, con el bolígrafo entre las manos y las persianas de su despacho bajadas. El ventanal detrás de él, frente a un hotel de cuatro estrellas, no ofrecía la privacidad que él necesitaba. - En el noventa y nueve por ciento de los casos - prosiguió -

frente a ti, tendrás hombres mayores que tú, señores que al verte pensarán <<pero si es una niña...>> y te menospreciarán por tu edad y tu sexo. Por desgracia tendrás que demostrar siempre el doble que tus compañeros hombres, aunque yo sepa de sobra que eres mil veces mejor que cualquiera de ellos - aquel halago no me reconfortó - Cuida tu aspecto, tus gestos, tus palabras... y da un puñetazo sobre la mesa cuando sea necesario.

Hacía dos años que trabaja para él. El señor Cuevas había sido el fichaje estrella de nuestra empresa. Los dos empezamos a trabajar el mismo mes de octubre, con apenas dos semanas de diferencia. Él llegó antes y yo fuí la primera entrevista de trabajo que el nuevo Director Ejecutivo hizo en su recién estrenado despacho.

Desde que terminé la carrera de Administración y Dirección de Empresas, tres años atrás, había vivido en la cuerda floja de los trabajos temporales y las ganas de comerme el mundo. Trabajé como encuestadora en el aeropuerto de El Prat, vendedora de libros, teleoperadora y azafata de congresos. Buscaba trabajos temporales para disponer de dinero y tiempo, porque el uno sin el otro, eran una ecuación imposible de resolver. Viajé mucho y barato. Me perdí a menudo en ciudades desconocidas con el deseo de descubrir aquello que los mapas turísticos no indicaban, disfruté cada segundo, me emborraché, fui irresponsable, vividora... hasta que un día me cansé de jugar a ser la joven despreocupada que en realidad nunca fui y decidí centrarme en mi carrera profesional. Ser la mujer de éxito que siempre soñé con ser. Me reciclé, me reinventé y empecé a buscar trabajo, un trabajo "de verdad".

Por desgracia, durante mucho tiempo, las estrellas no se alinearon a mi favor y mis currículums debieron de terminar en cientos de contenedores de reciclaje a lo largo y ancho de la ciudad de Barcelona y su periferia. El teléfono no sonaba y mis sueños acumulaban polvo al lado de mi título universitario. <<Elena Bas, licenciada en Administración y Dirección de Empresas>>. Que bonita frase, que inútil por aquel entonces. Parecía que las letras lloraban mi fracaso. Una hoja gruesa enmarcada en mi habitación de paredes verdes, la que pinté cuando estrené adolescencia, la que aún olía a tabaco y ginebra, a esa parte de mí que se esfumó una mañana de resaca, como una larga fiesta de graduación que duró el tiempo justo para divertirme y aburrirme después.

El día que una agencia de colocación me llamó para ofrecerme una entrevista de trabajo para las tres de la tarde del día siguiente, ni siquiera salté de alegría. Pensé que sería otra propuesta de trabajo absurda, como vendedora piramidal o falsa organizadora de eventos deportivos que en realidad vendía colchones. No era la primera vez que después de pasar una entrevista de trabajo me enfrentaba a un ridículo día de prueba rodeada de gente joven, engañada y consumada por su propia ambición. Chicos y chicas de mi misma edad que trabajaban de sol a sol, queriendo creer aquello una persona, detrás de la mesa de madera de su despacho enmoquetado, les prometió el día que firmaron un contrato como falsos autónomos y se convirtieron en esclavos de su propia codicia. Se consideraban futuras estrellas de la economía mundial mientras perdían el tiempo, las amistades y buena parte de su vida.

Por suerte mi ambición era limitada y no caí en las trampas de un mundo laboral no apto para románticos y soñadores, pero empecé a pensar que mi futuro sería la suma de una sucesión de trabajos temporales.

Cuando llegué a la puerta del edificio acristalado, el que correspondía a la dirección que una amable señora me facilitó al otro lado del teléfono el día anterior, subí en el ascensor hasta el segundo piso. La recepcionista, una mujer muy elegante que rondaba los sesenta años, me invitó amablemente a esperar sentada en el único sillón de piel negro de una sala que hacía las veces de recepción. El lugar olía a vainilla. No había revistas, ni libros sobre la mesa frente a mí, tan solo un cuadro con líneas abstractas dibujadas de una parte a otra de la rectangular figura. Mientras esperaba, sola en la sala y bajo la atenta mirada de la secretaria, pensé que quizás aquella sí era una empresa seria, que tal vez, por fin podía aspirar a un trabajo real, un contrato (indefinido eran palabras mayores) y un sueldo de cuatro cifras a fin de mes.

Empecé a preocuparme por haber llegado allí con las manos vacías, por no llevar referencias ni currículum impreso, por no haber planchado los pantalones negros y en su lugar llevar puestos los vaqueros descoloridos, por usar sandalias en vez de zapatos y por no tener un bolígrafo a mano en el caso de que las estrellas se hubiesen alineado (era hora) y pudiese firmar el primer contrato serio de mi corta y variopinta vida laboral. La frustración y la desesperación con la que afronté aquella cita, me habían llevado a no prepararme la entrevista, ni siquiera sabía a qué se dedicaba la empresa y no era capaz de recordar el nombre. Era en Inglés, de eso si me acordaba. Empezaba con la letra B, eso también.

- Señorita Bas - Me dijo la recepcionista mientras intentaba poner mis ideas en orden y salvar la situación dignamente - Acompáñeme.

La seguí, como si sólo ella pudiese saber la suerte de mi destino. Luego descubrí que se llamaba Nanda, de Fernanda, que todas las mañanas bebía un café largo sin azúcar en la misma taza y que le quedaban tres años para jubilarse.

Cruzamos un largo pasillo enmoquetado de color marrón claro. Las mesas, cada una con su ordenador, carpetas, documentos, fotografías familiares y tazas de café, perfilaban el pasillo involuntario por el que ambas caminábamos, con más de treinta años de diferencia y con una seguridad opuesta. Al fondo, una puerta de madera rompía la transparencia de un despacho cerrado por dos grandes cristales y dos ventanas que se miraban frente a frente. Eran casi un reflejo.

Aquella oficina parecía un paso hacia el infinito. El más allá me esperaba detrás de la manilla plateada de su puerta.

- Señor Cuevas - repitió la voz de mujer - La señorita Bas.

Esa soy yo, pensé.

No empecé a sudar hasta la pregunta diecisiete. Mis datos personales los conocía bien, mi currículum académico lo recordaba sin esfuerzos pero mis expectativas laborales salieron en una sucesión improvisada y desconocida para mí.

- Para mí el trabajo es una de las partes más importantes de mi vida - le dije a un atento señor Cuevas -. Aquí, en esta empresa, pasaré al menos un tercio de mi jornada y mi satisfacción personal dependerá al menos en un treinta por ciento de todo cuanto suceda aquí. Por eso daré siempre lo mejor de mí misma, porque no está en juego solo un puesto de trabajo, ocho horas al día o un sueldo a fin de mes, está en juego mi felicidad y puede, que el resto de mi vida.

Lo solté así, de corrido, sin pensar, como si llevase años preparando un discurso y por fin alguien me hubiese dado la oportunidad de pronunciarlo. ¿De dónde demonios salía ese discurso? Ni siquiera sabía si lo pensaba realmente.

- Tu madre es Inglesa ¿verdad? - Me preguntó el señor Cuevas.
- Sí - respondí.

El hecho de que mi madre fuese de Norfolk siempre había sido un punto a mi favor. Hasta que cumplí los tres años, no pronuncié ni una sola palabra pero cuando lo hice, supe distinguir sin ninguna dificultad el idioma en el que me hablaba mi madre, el Inglés y los que para mí eran "los otros". Es decir, el Catalán y el Castellano.

Crecí siendo trilingüe en un país que presume de tener un nivel de Inglés medio en su currículum académico-profesional pero bastante desastroso a pie de calle. Por eso, mi dominio de la lengua anglosajona fue siempre una ventaja.

- ¿Cree usted que su familiaridad y el cariño que imagino tiene a la isla Británica, puede perjudicarla a la hora de cerrar acuerdos comerciales? - Pregunta diecisiete.
- Disculpe, pero no entiendo como el lugar de origen de mi madre podría perjudicarme. - Empecé a sudar.
- El cuarenta por ciento de nuestros clientes tienen sus oficinas en el Reino Unido - bien, pensé - por lo que usted tendría que estar continuamente en contacto con personas que, en cierto modo, son sus paisanas - asentí -. Quizás esto último le haga sentirse... ¿cómo decirlo? - El señor Cuevas se tomó unos segundos hasta que

encontró la palabra que buscaba - Hermanada. Mi pregunta es ¿en una negociación, cuáles serían sus intereses primordiales?

- Los de la empresa - respondí.
- ¿Está usted segura señorita Bas? - Siempre hacia eso. Cuando quería estudiar a una persona, ver más allá de sus palabras, escuchar lo que realmente pensaba quien tenía enfrente, el señor Cuevas, acercaba unos centímetros su cuerpo hacia el de su "oponente", giraba levemente la cabeza hacia la derecha y respiraba lento, dejando que el silencio le descubriese las verdades que no pretendían ser contadas.
- Sí - respondí tajante -. Parte de mi familia es inglesa, parte catalana, andaluza... tengo un tío en Uruguay y la madre de mi abuelo paterno, nació en Praga. Mi árbol genealógico no firma los contratos ni cierra los acuerdos. Los intereses de la empresa, serán los míos propios y los nacionalismos los dejo para quien quiera vivir de ellos.

Relajó la espalda, los brazos y sentí que mi respuesta le había convencido.

Seguimos hablando durante más de veinte minutos sobre negociaciones, valores inmobiliarios, tipos de clientes, inversiones... hasta que se levantó de la mesa, ajustó su camisa a cuadros rosas y blancos bajo los pantalones, apagó la pantalla del ordenador y me ofreció un vaso de agua.

- Si, por favor - agradecí.

Salió de la oficina. Lo vi hablar con un mujer de unos cuarenta años, grande, alta, corpulenta... a simple vista hubiese dicho que era alemana. Ambos me miraban con descaro. La recepcionista le acercó mi vaso de agua y el señor Cuevas regresó a su oficina, caminando despacio, dejando que mis nervios hirviesen en la lentitud de sus pasos, en sus ojos escondidos detrás de las finas gafas metálicas. Entró en silencio, apoyó el vaso frente a mí, se acomodó en su gran silla observando el día gris tras las ventanas del despacho, el tráfico de un miércoles en Barcelona, la vida del último día de un mes de septiembre y preguntó:

- Dígame señorita Bas, ¿por qué debería darle el puesto usted?
- Porque soy la mejor - Respondí sin pensarlo.

Su carcajada resonó entre los cristales, los libros, la decena de bolígrafos apretados en un cuenco de aluminio, la calculadora y las últimas gotas de mi vaso de agua. Aún no sé cómo tuve el valor de responderle así, pero lo hice y no tuve miedo.

- Mire Elena, llevo muchos años en esta profesión, más de veinte - dijo mirando la fotografía de dos chicos entre los diez y quince años que imaginé serían sus hijos - y voy a hacer algo que nunca antes he hecho - redoble de tambores - Está usted contratada.

Quise darle un abrazo, besarle la cara como lo hacen las abuelas del pueblo a los niños después de un largo invierno de ausencias. Quise saltar, bailar, gritar...

- Muchísimas gracias señor Cuevas - fue todo cuanto dije. Con una sonrisa que fue un respiro de tranquilidad, la satisfacción de mi primer acuerdo laboral cerrado. Aquella entrevista había sido mi primera negociación y la acababa de ganar.

- No me de las gracias, demuéstreme que efectivamente, es usted la mejor.

Y lo hice, claro que lo hice... El lunes siguiente me estrené como trabajadora de la Beauty Building Company, una empresa que se dedicaba a la compra y reestructuración de edificios clásicos para alquilarlos posteriormente a cadenas hoteleras de renombre internacional. Yo pertenecía al departamento llamado *Product Procurement Specialist*, un puesto que era más difícil de pronunciar que de la tarea a realizar. Básicamente, me encargaba de las relaciones con distintas agencias inmobiliarias o propietarios privados con los que negociaba la compra de uno o varios edificios por parte de la BBC (Beauty Building Company). Mi trabajo suponía pocas horas de oficina, muchas de *Blackberry* y varios viajes semanales por ciudades Europeas para reunirme con nuestros proveedores.

Enseguida me acostumbré a las reuniones infinitas, los tacones, el ritmo frenético de una oficina que nunca cesaba, el sueño aplazado frente a una pantalla de ordenador, cifras que cuadrar, aumentar, mejorar. Objetivos ajenos que pasaron a ser míos.

Las horas de espera en los aeropuertos, los vuelos y las solitarias noches de hotel, fueron el único momento en el que podía permitirme leer uno de los tantos libros que viajaban conmigo de un lugar a otro, de un país a otro, sin encontrar su sitio fijo en mi mesita de noche. Me gustaba mi trabajo, sabía que era buena en ello y eso me hacía sentirme poderosa. Mis inseguridades personales se escondían en las sombras de mis éxitos profesionales, aquellos que tanto la sociedad, como yo, creíamos que eran los más importantes. Solo salía con gente relacionada con mi trabajo, estudiaba un máster de negociación online durante mi poco tiempo libre y cuando llegaba a casa, en la soledad de una pequeña habitación con la ventana rota y los mismos muebles que el propietario dejó cuando puso el letrero de "Se alquila", veía películas subtituladas en Alemán, para mejorar mis escasos conocimientos del idioma. Nunca me molesté en arreglar la casa en la que vivía, pasaba poco tiempo en ella, solo el necesario. Entendí más tarde que mi casa sería un día mi templo, pero aún no había llegado a ello. ¿Era feliz? No lo sé, no tenía tiempo para hacerme esa pregunta.

Londres era una de las ciudades a la que viajaba con mayor frecuencia, fuese por placer o por trabajo. Siempre había tenido una relación amor-odio con ella. Cada vez que iba, mi experiencia y mi visión de la capital inglesa era tan distinta de la anterior que me costaba decidir si la quería o la odiaba, pero un extraño imán me atraía siempre a ella y al menos dos veces al mes, dormía allí, en un hotel de Paddington.

Una mañana extrañamente soleada del mes de enero, uno de esos días en los que los Londinenses, poco acostumbrados a la luz, ignoran los cinco grados que marca el termómetro de la estación de metro más cercana e invaden las terrazas, los parques y cualquier espacio público de más de diez metros cuadrados para reunirse y disfrutar de esos escasos rayos de sol que de vez en cuando, en raras ocasiones, deciden alegrar a la ciudad, al país, con su presencia, yo salí del hotel vestida con el uniforme de trabajo.

El día anterior, antes incluso de dejar mi maleta en la habitación, había recorrido varias tiendas de Oxford Street en busca de una falda de tubo negra. Debía ser lo suficientemente alta como para cubrir mi ombligo y lo suficientemente larga como para llegar a las rodillas, sin tocarlas, sin pasarlas, solo subrayarlas. Las medias que la acompañarían tenían que ser oscuras, elegantes y la camisa romper el luto que de cintura para abajo me vestía. Compré varias camisas de ese estilo en una tienda cercana a Hyde Park, pero aquella mañana soleada, elegí una fucsia con volantes en el cuello que realzaba mi pálido bronceado de oficina. Yo también quería ser parte de aquella primavera adelantada que había sorprendido a la ciudad.

Me acerqué al Starbuck de la estación de tren con prisas, como siempre, y pedí un - *caffé latte* - que me quemó la lengua. Lo decía siempre. -*Not too hot* - no demasiado caliente, pero nunca conseguí que me sirvieran un café que no me dejase la lengua anestesiada para el resto del día. Tenía veinte minutos de metro hasta la parada de Holborn y pasé la mayor parte del tiempo abriendo la tapa de plástico de mi desayuno *take away* para soplar, un, dos, tres, cuatro, cinco veces y comprobar que aún seguía demasiado caliente.

Debía reunirme con el señor Edward Becher en la recepción de un edificio de estilo Georgiano, propiedad de una cadena hotelera local, sobre el que tenían un plan de reestructuración y querían conocer las opciones de ventas. El señor Becher, me había contactado por email apenas una semana antes invitándome a reunirme con él para conocer aquella <<preciosa estructura de color blanco, con columnas en la entrada y setenta y dos ventanas típicas de su estilo arquitectónico>>. Así lo había definido él. Al parecer, siempre según lo que el señor Becher escribió en sus varios emails, el edificio tenía muchas más posibilidades de explotación hotelera de las actuales y la intención de los propietarios era la de reinventarse o vender. El señor Becher, que firmaba siempre como *Marketing director*, insistía en conocer mi opinión y la de mi empresa, y llegar a un acuerdo de colaboración durante el proceso de reestructuración.

Había recibido correos electrónicos de aquel tipo muchas veces, directores de oficina, marketing, ventas, promoción, que aseguraban poseer edificios con grandes oportunidades de remodelación que resultaban ser herencias abandonadas de las antiguas grandes fortunas de la ciudad salidas a subasta y compradas por nuevos ricos sin oficio ni beneficio. Este parecía no ser el caso. El edificio de estilo Georgiano con columnas en la entrada y setenta y dos ventanas típicas de su estilo arquitectónico, era ya un hotel en uso. Tres estrellas, pero en uso. Además, un viaje express a Londres, solo estaría dos noches, era un buen plan para romper por la mitad la aburrida semana de oficina. Estábamos a martes.

Mis cálculos, los que había hecho aquella misma mañana revisando el mapa de la ciudad, se equivocaron al establecer la distancia entre el metro y las columnas de la entrada del edificio Georgiano, y el pequeño paseo de quince minutos que debía recorrer desde un punto al otro, se convirtió en una media hora con carrera final. Llegué con retraso y sin aliento, - empezamos bien - pensé, pero llegué. Mientras me estiraba la falda con las manos y mis pies se recomponían dentro de mis zapatos de tacón, se abrieron las puertas acristaladas del hotel y al final de las escaleras, siete calculé, frente al mostrador de la recepción, vi a quien supuse, sería el señor Becher.

- La señorita Bas, supongo - dijo al intuir mi entrada por el ruido de los tacones contra el mármol de la entrada.
- Un placer, disculpe el retraso.

Esa era yo, Elena Bas y él, Edward Becher no tenía nada que ver con el "Señor Becher" que había imaginado detrás de los emails que recibía en mi ordenador y la blackberry, indistintamente. Era joven, tendría unos treinta y dos años, y eso era ya algo que no me esperaba. Para mí, en aquella época, si un hombre firmaba como Mr. Becher, me estaba diciendo que tenía o pronto cumpliría los cincuenta años, que estaba casado, tenía varios hijos, uno de ellos adolescente y una casa con jardín. Por eso cuando vi a Mr. Becher, sin alianza, sin corbata, lejos de los cincuenta años, probablemente sin hijos y con una barba castaña con reflejos pelirrojos, me desconcerté.

- No se preocupe, está usted dentro de lo que se considera la puntualidad Española - bromeó.

Si el señor Becher, no hubiese ladeado la sonrisa como lo hizo, si la expresión de sus ojos no hubiese tenido ese toque irónico, cómplice, atractivo, casi sexy, aquella respuesta con el típico humor inglés hubiese sido el pésimo inicio de una relación comercial que empezaría a morir desde el primer apretón de manos. Pero no fue así.

- Si le parece bien, iniciamos la visita desde el quinto piso, donde tenemos dos suites y vamos bajando.
- De acuerdo - Asentí.

Eran las nueve y diez de la mañana, yo llevaba mi chaqueta doblada sobre el brazo derecho, el mismo que sujetaba un enorme bolso de piel invadido por decenas de cosas "imprescindibles" que no podía dejar en la habitación de hotel y liberarme del peso. El teléfono, su cargador, mi agenda, un cuaderno para tomar apuntes, el paraguas plegable, la cartera con el dinero de la empresa, mi monedero personal, un libro, cepillo de dientes, dentífrico, peine, pañuelos de papel, un bolígrafo de cuatro colores, uno azul, uno negro, un subrayador amarillo, el mapa del metro y una botella de agua mineral, sin gas. Edward, que desde la primera sonrisa había dejado de ser

Mr. Becher para ser simplemente, Edward, alargó su brazo hacia mí, invitándome a seguirle hacia el fondo del pasillo. Al hacerlo, acarició con la punta de sus dedos, de un modo ligero y casi imperceptible, la parte de mi espalda en la que los hombros quedan altos y la cintura aun no es tal, en un gesto que resultaría poco apropiado para un hombre como Mr Becher, pero que no me pareció descortés para un joven que era Edward, a secas.

Recorrimos los cinco pisos del hotel a pie, mientras él me iba explicando muchas más cosas de las que a mi me interesaban y mientras yo apuntaba en mi agenda, con el bolígrafo azul, muchos menos datos de los que él hubiese querido. Yo, asentía con la cabeza cada detalle, con profesionalidad, como si el sistema de calefacción de aquel edificio Georgiano y el estado de la caldera fuesen realmente aquello que quería escuchar. Deseaba en cambio, que entre tanta información profesional se le escapase algún dato personal, pero me olvide que frente a mí tenía a todo un *gentleman* inglés que jamás se permitiría una "desfachatez" de ese tipo. Me resigné entonces a poner mi atención en los metros cuadrados de las habitaciones, las medidas de seguridad, la altura de los balcones y el sistema eléctrico, esperando que en algún momento iniciase una conversación informal que rompiese el hielo de lo estrictamente profesional. Pero no sucedió. Ni siquiera cuando entramos en el estrecho ascensor de servicio, una especie de montacargas que nos obligó a juntar nuestros cuerpos más de lo que la cortesía Británica hubiese considerado apropiado. Sentí entonces su olor por primera vez, ese perfume tan común en cualquier otro hombre y tan especial en su piel.

- Ha sido un placer Elena - me dijo apretando fuerte mi mano para acercarse después a mí y besarme ligeramente la mejilla.
- El placer ha sido mío - respondí alejándome de él.

Cuando terminó la reunión y me despedí de Edward, fui directamente al hotel, a trabajar en aquella micro oficina con una antigua mesa de madera contra la venta y una silla de terciopelo verde. Tenía que controlar el correo electrónico, responder a las llamadas perdidas que se amontonaban en mi teléfono, que llevaba varias horas en modo silencioso, y redactar el informe sobre la viabilidad del proyecto que acababa de visitar. Sabía que no sería el mejor de nuestros negocios. Beauty Buildings trabajaba con edificios mucho más carismáticos que el Georgiano de Holborn, pero Edward había sabido venderme muy bien el proyecto, mejor incluso de lo que él mismo podía imaginar. Quería volver a verle y para ello, por primera vez, utilizaría mi trabajo.

Me saltaría la regla número uno de los negocios; no mezclar el trabajo con los sentimientos. Esa era una regla que no aprendí en la universidad, que el señor Cuevas nunca puso a la hora de contratarme pero que yo sabía, por una cuestión de lógica y profesionalidad, que era un error garrafal. En realidad, en el caso de Edward, ni siquiera mezclaba los sentimientos, pues acababa de conocerlo, pero sembró en mí una curiosidad que quise resolver, al menos con un segundo encuentro, y para ello necesitaba sí o sí, usar el proyecto de Holborn como pretexto. Hasta el momento, nada más nos unía y por primera vez cruzaría la línea de la "regla número uno".

Sabía de antemano que era un desacierto y desde luego, aquella falta de profesionalidad era muy poco digna de Elena

Bas, pero tenía veintiocho años y no era más que una joven disfrazada de ejecutiva. A esa edad los hombres me atraían desde una perspectiva más física que sentimental. Era poco dada a los romanticismos, quizá por falta de tiempo o simplemente de interés. Me gustaban los hombres seguros, los que no se andaban con rodeos, los que sabían lo que querían y no pedían explicaciones después. No tenía tiempo para las conquistas, los regalos, los fines de semana en una casa rural de la montaña... y mucho menos para justificar mis viajes, aguantar los reproches de las ausencias y disculparme cada vez que me subía a un avión. Desde que empecé a trabajar para la Beauty Building Company, mi vida amorosa se redujo a mi vida sexual y sinceramente, estaba bien así.

Edward encajaba a la perfección en el prototipo de hombres que me interesaban a los veintiocho años. Profesional de éxito, inteligente, culto, educado, con cierto gusto a la hora de vestir, atractivo y seguro de sí mismo. Por eso pensé en escribirle un email agradeciéndole su tiempo e informándole de que pronto recibiría noticias mías. Era totalmente innecesario pero quería saber de él, aunque no hubiesen pasado más que unas horas desde la extensión de aquel apretón de manos convertido en beso en la mejilla. Desde luego, él tampoco había sido nada profesional con el gesto. En los negocios, la distancia física es primordial, al menos en un primer encuentro y un acercamiento como el suyo, no procedía. ¿Por qué tenía yo entonces que medir mis actos? ¿acaso no había sido él quien primero cruzó la línea entre lo profesional y lo personal que nos separaba? Además, era un solo un email, innecesario sí, pero un email de trabajo al fin y al cabo.

Estimado Edward,

Muchas gracias por su atención y su tiempo. En breve tendrá noticias mías respecto al proyecto "Holborn".

Saludos cordiales,

Elena Bas

Un pitido en el teléfono móvil me alertó de que un correo electrónico había entrado en la bandeja de entrada. Podía ser publicidad o uno de los cientos de mails que recibía a lo largo del día, pero no fue ni lo uno ni lo otro, fue Edward, que respondió a los poco minutos de que yo lo contactase con el primer pretexto que tuve a mano.

Estimada Elena,

Espero impaciente noticias suyas. Deseo que disfrute de la tarde Londinense, el sol ha salido para usted.

Edward. X.

¿Un beso? ¿Había firmado con un beso? Salté de la silla y empecé a recorrer descalza la moqueta húmeda de la habitación. (En la lengua inglesa, la letra "x" se utiliza como abreviación escrita de la palabra "beso"). Me movía de un lado para el otro, leyendo y releyendo aquel email, aquel final, aquel beso. No era yo la única que aquel día tenía intención de saltarse la regla número uno. Tenía entre manos un juego que podía resultar peligroso, ¿estaba preparada para aceptar las consecuencias? Cogí mi bolso, bajé por las escaleras los tres pisos desde mi habitación hasta el hall del hotel y salí a la calle. Edward tenía razón, el sol había salido para mí. Al menos así lo sentí yo.

Caminé con la extraña sensación de verlo en cada esquina, con el placer de saber que quizás, la ciudad, no era tan grande, que tal vez, su rutina y mi necesidad de respirar aire fresco, se encontrarían accidentalmente frente a la puerta de un restaurante hindú, tailandés o italiano. Caminé hasta resignarme, hasta que la realidad dibujó el camino de retorno a mi hotel, a esa habitación londinense que desde hacía varios años se había convertido en mi segunda casa.

Al regresar a Barcelona, lo primero que hice cuando entré en la oficina a las nueve de la mañana, fue presentar al señor Cuevas el proyecto de Holborn. Vi enseguida que no estaba de humor. Si yo odiaba los martes, mi jefe, incomprensiblemente, odiaba los viernes. Aún más, si no bebía café y sospeché, al entrar en su despacho, por el modo en el que me miró, que no lo había hecho.

- Si a ti te parece bien Elena, por mi adelante.

No se molestó siquiera en leer el dossier. Le dio un vistazo rápido, miró los números finales, los que realmente le importaban, y me dio su ok.

Salí del despacho satisfecha. No solo por la confianza que el señor Cuevas demostraba una vez más en mí, si no porque sus palabras significaban que pronto volvería a ver a Edward. Empezaba el juego.

Estimado Edward,

Me complace informarle que el proyecto ha sido aprobado. A lo largo de la próxima semana le pasaré los detalles del acuerdo.

Elena. x.

Firmé con una "x", lo envié y me tapé la cara con las dos manos. De pronto, sentí vergüenza de saber que acababa de cometer un error, que estaba iniciando un juego que seguramente terminaría mal, pero no podía parar, no quería parar.

Me levanté de la silla, apagué la pantalla del ordenador y fuí a la máquina del café. - Que poco profesional eres Elena... - me dije mientras bebía un expreso amargo - Ey, pero la vida es algo más que el trabajo, ¿no? ¡hay que vivir! - me respondí -. Aquella frase debió de ser la señal de alarma que me avisaba de los cambios que estaban sucediendo dentro de mí. Tres días atrás, antes de mi viaje a Londres, antes de mi encuentro con Edward y mucho antes de aquella "x" de despedida, no me hubiese planteado que la vida era algo más que trabajar. Mi vida era mi trabajo, y yo era feliz así, o eso creía.

La señal de alarma debía informarme que quizás aquella felicidad no era tal, que si necesitaba jugar era porque me aburría, que si aceptaba correr ese riesgo era porque necesitaba sentirme viva, sentir que perdía por una vez el control de la situación. De mi situación, de mi vida.

La señal de alarma debió avisarme pero no lo hizo y cuando regresé al pequeño paraíso que era mi mesa en la oficina, con mi agenda azul, todos mis bolígrafos y mi teléfono móvil, encendí la pantalla del ordenador con el miedo de encontrarme su respuesta. Sabía que aquella x, me había delatado. Había aceptado el juego y estaba segura que él así lo había entendido.

Estimada Elena,

Genial, hablamos la semana que viene. Que pase un buen fin de semana.

Edward. x.
P.D.= ¿Tiene planes?

Si, lo habia entendio.

Estimado Edward,

Me gustaría decirle que hoy me espera una estupenda velada en compañía de mis amigas, a las que hace un tiempo que no veo, y que luego iremos a tomar una copa a algún local de moda, seguramente en la zona del puerto de la ciudad, donde nos pondremos al día hasta altas horas de la noche y que llegaré a casa tarde, cansada y feliz, pero la realidad es que mi plan para esta noche de viernes es quedarme en casa, pedirme una pizza y ver alguna película en compañía de la manta de mi sofá.

Elena. x.
P.D.= Odio el frío.

Era verdad, odiaba el frío. Desde bien pequeña, aunque pasase las navidades en Norfolk y el cincuenta por ciento de mi sangre fuese Británica, yo odiaba el frío y los inviernos los dedicaba a hibernar. Salía a la calle sólo por necesidad y cuando no tenía elección, es decir, cuando no estaba ni trabajando ni viajando. El resto del tiempo me encerraba en casa, con la calefacción encendida, el pijama de franela, la manta y la cena a domicilio.

Por suerte, en Barcelona, el frío dura poco y en marzo recuperaba el ritmo habitual.

Estimada Elena,

Es una lástima que su plan de quedarse en casa suene tan bien, porque estoy en Barcelona y me hubiese

encantado invitarle a una copa antes de mi regreso
mañana a Londres. Pero entiendo que la manta de su
sofá pueda sentirse abandonada, incluso celosa, si
acepta mi invitación, por ello, no se sienta culpable
si decide rechazarme, entiendo sus motivos ;).

    Edward.x.

¿Por qué había dejado de fumar? Necesitaba un cigarro,
quince caladas que me permitieran pensar con claridad. Edward
estaba en Barcelona, Edward estaba en Barcelona... ¡Edward
estaba en Barcelona! Aceptaría su invitación, de eso no tenía
ninguna duda, ¿pero a dónde me llevaría aquella cita? porque
obviamente, era una cita. El negocio de Holborn estaba cerrado
y aunque podríamos hablar de los términos en los que se basaría
nuestro acuerdo, él, Mr. Becher cuando de trabajo se trataba, no
necesitaba hacerme la pelota ni invitarme a una copa para
convencerme de nada. Ya lo había hecho, tan solo tres días atrás
en Londres, la ciudad de las mil caras, la que a cada visita me
mostraba uno de sus tantos disfraces, la que sin ninguna duda,
aquella semana, me había ofrecido su versión más interesante.

    Estimado Edward,

    Temo que tiene usted razón, mi manta y mi sofá
tardarán días en perdonarme esta traición, pero como
Barcelonesa que soy, me veo en la obligación de
mostrarle mi ciudad. No quiero que pase usted por un
turista cualquiera.

    Elena.x.
P.D.= Le espero a las cinco en la cafetería frente a
mi oficina. Procure no perderse ;)

Pensé que quedar con Edward en la cafetería frente a la oficina, a la hora exacta en la que yo terminaba de trabajar, le quitaría cierta presión a aquella cita inesperada. No sabía si él lo tenía ya previsto o simplemente aprovechó mi correo electrónico para proponerme el encuentro. Si yo no le hubiese escrito aquella tarde puede que mi única cita aquel viernes fuese con el repartidor de pizzas, o quizás no. Puede que él hubiese encontrado un pretexto para escribirme y proponer después de varios emails, vernos aquella misma noche. No lo sabía, como no lo sé tampoco ahora, pero prefería no pensar en ello, terminar mi trabajo, cruzar la calle y entrar en la cafetería en la que los camareros ya me conocían y actuar como si lo que estaba por ocurrir, fuese en realidad algo habitual. Como si los nervios que empezaba a sentir, el sudor de las manos, el acto reflejo de mirarme en cada espejo, peinarme, pintarme los labios y mirar el reloj cada cinco minutos, no fuesen una prueba fehaciente de mis intenciones. Las mismas que sospechaba, deseaba, tuviese Edward.

En aquel momento no supe por qué dejé que Edward Becher entrase en mi vida, ni por qué, yo, Elena Bas, decidí enredarme en aquella historia. Lo entendí tiempo después y la respuesta era sencilla. Ilusión.

Las personas necesitamos la ilusión para ser felices, necesitamos algo que nos ilusione para volcar nuestros deseos e inquietudes. Para algunas personas la ilusión es un deporte, para otras, una afición. Para mí, durante varios años lo fue mi trabajo hasta que un día, eso se convirtió también en parte de mi rutina. Había vivido al límite mi carrera profesional, haciendo que mis relaciones, mis pasiones y la mayor parte de mi vida girase entorno a ello. Había disfrutado aprendiendo de los nuevos retos, de los viajes, del poder que me daba mi nueva situación como *Product Procurement Specialist.* Aproveché cada oportunidad que se me brindó y no perdí el tiempo. A los veintiocho años tenía más bagaje personal y profesional que muchas personas que me doblaban la edad. Pero toda novedad tiene su fecha de caducidad y la mía llegó sin darme cuenta aquel invierno.

Mi trabajo había pasado a ser sólo eso, un trabajo. Ya no me sorprendía, no me atraía, no me provocaba la adrenalina de los primeros contratos y busqué una ilusión nueva que me mantuviese viva, Edward. Estar con él era arriesgado, excitante, incorrecto... era justo lo que yo necesitaba. Era perfecto.

Cuanto entré en la cafetería, con diez minutos de retraso estratégicamente estudiados y controlados, el lugar al que cada mañana iba a desayunar, el mismo en el que varias veces al mes me reunía con compañeros y compañeras de trabajo con la intención de desconectar, incluso para seguir trabajando, me pareció más grande, más oscuro. Dudé de cada paso, como si los nervios me hubiesen borrado la memoria y fuese incapaz de recordar donde me encontraba. Quería verle a la primera, dirigirme a él sin dudar entre las mesas, con la mirada perdida entre caras conocidas, botellas de cerveza vacías, ceniceros a rebosar. Pensé que tendría que haber sido yo la que llegara primero, en modo que fuese él quien tuviese que venir a buscarme y yo pudiese observarlo mientras se acercaba a mí. Hubiese sido más digno que sentirme perdida en mi propia ciudad, en mi propia piel.

Una sonrisa a lo lejos me distrajo y al mismo tiempo me indicó el camino, aquel directo al sofá en el que Edward estaba sentado, con las piernas ligeramente cruzadas, un brazo apoyado en la parte más alta de aquel sillón para dos y la chaqueta abierta. - Bastardo - pensé, de entre todas las mesas esparcidas sobre el suelo de madera del local, él había elegido esperarme en el único sofá, donde las distancias eran pequeñas, impersonales y el contacto forzado nos obligaba a respirar el mismo aire.

- No te has perdido - le dije al llegar aparentando una tranquilidad que no tenía.
- Tenía un buen motivo para no hacerlo - respondió el.

Bastardo - volví a pensar. Conocía perfectamente el terreno en el que se movía, estaba seguro de sí mismo, controlaba cada gesto, cada frase, cada mirada ladeada, la posición de sus cejas, la humedad de sus labios.

Me senté a su lado, en aquel espacio "casual" que había diseñado para mí, entre el sofá y su piel. Lejos de la puerta de salida, cerca de su boca.

Hablamos durante horas, como si la vida, hasta ese momento, la hubiésemos vivido para compartirla en esa cafetería de Barcelona, frente a mi oficina, un viernes de invierno, un aburrido mes de enero que palpitaba cada vez que Edward acariciaba mi mano con la absurda excusa de brindar <<por las sorpresas que nos da la vida>>, en un gesto tan común que parecía involuntario pero no lo era, que podía pasar inadvertido pero no a mí, que ya estaba perdida. Él hablaba, pero yo no escuchaba sus palabras, estaba atenta a sus gestos, a todo lo que sus labios, sus ojos, sus dedos, sus piernas cerca de las mías, tenían que contarme. Un deseo silencioso, latente, acallaba el tono de su voz, ronca, sutil, ambiciosa. La gente entraba y salía de la cafetería, cambiaba nuestro paisaje, la noche oscurecía la cristalera, las luces de la calle nos alumbraban. Se acumulaban botellas de cerveza vacías y un pacto jamás pronunciado, nos prohibía mirar el reloj y descubrir la hora. Perder el sentido del tiempo no era una opción, era un lugar en el que vivir aquella tarde de invierno, que ya era casi noche y que no era tan fría, al menos desde mi rincón del sofá, cada vez más lejos de la puerta y más cerca de su boca.

- Por cierto, tu inglés es exquisito - me dijo cuando la camarera se disponía a limpiar la máquina de café esperando, deseando, que su turno estuviese por terminar.
- Gracias, mi madre es inglesa - expliqué - soy bilingüe desde que era así - le dije marcando una pequeña distancia entre el suelo y mi mano.
- ¡Qué bueno! ¿y de donde es tu madre exactamente?
- De Norfolk, al noreste.
- ¡Que casualidad! Sarah, mi novia, también es de Norfolk.

Lo dijo con tanta naturalidad que aquella frase estuvo a punto de pasar desapercibida. Si no fuese porque estábamos a solas en una cafetería de Barcelona, Mr. Becher y Ms. Bas, bebiendo nuestra cuarta cerveza, a las nueve de la noche, sin cenar, sin tacones y sin corbata, hablando de todo menos del proyecto de Holborn, con todas las "x" de sus email revoloteando invisibles entre los dos. Si no fuese por el modo en el que me miraba, por la capacidad que tenía de hacerme sudar cada vez que se mordía ligeramente el labio mientras aparentaba prestar atención a algo que yo le contaba, por la manera que tenía de acercar su mano cada vez más a la mía. Si no fuese porque sentía su pierna rozar sutilmente la mía, su cuerpo cerca del mío, su sonrisa debilitando mi sistema inmunitario. Si no fuese por todo eso, - Sarah, mi novia, también es de Norfolk - hubiese estado en el mismo cajón en el que se guardaban las frases - mi madre cocina una lasagna estupenda - o - mi plato favorito es el arroz a la cubana - , pero todo eso, aquella imagen nítida que yo percibía, no encajaba en la frase - Sarah, mi novia, también es de Norfolk - . ¿A qué estás jugando Mr Becher?

-   Una ciudad preciosa - respondí -. Tengo un poco de hambre, ¿te apetece si buscamos algún sitio para picar algo?
-   Claro - terminó la poca cerveza que aún le quedaba en el vaso y se levantó.

Cuando salimos de la cafetería, la noche había cubierto la ciudad. El frío, la brisa del mar, eran su manto suave, las luces amarillas de las farolas compensaban la sensación de abandono, el desamparo de una Barcelona de puertas para dentro.

De pie, frente a las escaleras de entrada de la cafetería, mientras abrochaba los botones de mi abrigo gris, pensé que podíamos ir a un bar de tapas que estaba a solo dos calles de allí. Las patatas bravas eran siempre una buena opción, el complemento perfecto a nuestra quinta cerveza. Indiqué, con un gesto de cabeza, que nuestra próxima parada se encontraba a la izquierda. Edward sonrió, se adelantó un par de pasos y una vez frente a mí, en el silencio de una ciudad poco acostumbrada al invierno, me besó.

Me besó tanto, tan fuerte y tan bien, que estaba segura de haberlo besado toda mi vida. Apoyé mi cuerpo contra una pared cualquiera, único testigo de aquel delito. Aquella forma de besar, aquella forma de tocarme, con deseo, con fuerza, sin vergüenza, con prisas, con calma, sin ahorrarse los detalles, con el ansia de recorrerlo entero, tan solo una vez y recordarlo siempre. Aquella forma de besar debía de estar prohibida. Culpable, culpable, culpable... sí, soy culpable... ¿y a quién le importan las culpas? Le besé, me besó, nos besamos... caminamos sin despegar nuestras bocas, deambulando en nuestros labios, con el ansia acumulada en cada cerveza, en las "x" que aún nos sobrevolaban y cuando llegamos, por fin, al bar, estaba cerrado.

- ¿Pero qué hora es? - dije en una tregua que Edward le dió a mi respiración.
- Las diez - dijo él recuperando el aliento - no, perdón, las once... las diez en Inglaterra, se me olvidó adelantar la hora.

Nos habíamos besado durante dos horas. Nunca llegamos al bar de tapas, no probamos las patatas bravas, ni bebimos la quinta cerveza. Nos perdimos en la oscuridad de la ciudad, que fue nuestro cómplice, en el frió húmedo del mes de enero, en el cuerpo ajeno, el deseo común. El tiempo había avanzado mientras mi vida se había parado en los labios de Edward, en los cabellos pelirrojos que las farolas no alumbraban.

- ¡Es tardísimo! Mejor que regrese al hotel, mi vuelo sale a las seis y media de la mañana. ¿Quieres que te acompañe a casa? - propuso.

- No te preocupes, cojo un taxi - le dije sin saber que al fondo de la calle, justo en aquel momento, un coche negro y amarillo con la luz encendida, giraba la esquina. Lo vimos al mismo tiempo, lo paramos al mismo tiempo. Tiempo, eso era lo que ya no teníamos.
- Dulces sueños Elena - me dijo antes de besarme por última vez.
- Buen vuelo Edward - me despedí acariciando su barba.

Desde la ventanilla del taxi, mientras el coche se alejaba de él, lo ví con las manos en los bolsillos, esperando a que yo girase alguna esquina, desapareciese del punto exacto que él, en aquel momento, miraba y la noche, los miles de besos impregnados en nuestros labios, nuestra cara, nuestro cuello... fuese el recuerdo de una noche de invierno en Barcelona.

Nuestra cita acabó de golpe. Inesperada, casi de improviso. Una especie de alarma insonora nos despertó del sueño en el que vivíamos y nos bajó a la realidad de un encuentro irreal. Él a su casa y yo a la mía. Él se marchaba a Londres y yo me quedaba Barcelona. Todo volvió a su sitio de repente, todo menos yo. Podríamos disfrazar la cita, pretender que el encuentro fuese un accidente pasional, pero sería imposible borrar las huellas. El camino estaba trazado, la historia iniciada, el juego en juego. No podíamos escapar de lo que estaba por suceder, no podíamos evitar lo inevitable.

Llegué a casa con la emoción de lo vivido, la incapacidad de asimilar el perfume que impregnaba mi camisa. Dejé las llaves sobre el recibidor de la entrada, apoyé el bolso a su lado y me miré al espejo. Los labios secos, las mejillas enrojecidas por el roce de su barba, sonrojadas por el recuerdo.

El pelo despeinado diseñando la marca de unos dedos que pocos minutos atrás me habían acercado a una boca desconocida que me besaba como si aquella fuese la única función que tuviese en la vida, besarme. Edward me gustaba sí, pero sobre todo me atraía, lo deseaba. No era una cuestión de corazón, era mi piel la que dependía de él, el vértigo de sentirme rendida a su caricias, a su cuerpo fibroso, al tacto de sus manos duras. Edward era la versión Anglosajona de un dios Romano, el florecer de mi sexualidad como no lo había conocido hasta aquella noche, contra aquella pared, frente aquel hombre que me dejaba literalmente sin respiración.

Repasé durante todo el fin de semana, cada una de las comas no pronunciadas en nuestras conversaciones. Los gestos, los emails, la cerveza, la despedida, Norfolk, Sarah... Repasé aquel juego que yo misma había iniciado sin saber que se apoderaría de mí, de las veinticuatro horas de mis días, que su recuerdo me haría sonreír nerviosa, me excitaría, erizaría el vello de mi cuerpo. Que mi deseo se convertiría casi en una obsesión que siempre vestía la misma piel, el mismo perfume que era el único oxígeno que yo respiraba. Mi teléfono móvil fue una compañía silenciosa que esperaba junto a mí un correo electrónico que nunca llegó, un mensaje en la bandeja de entrada repleta de absurdos recados de trabajo que poco me interesaban. Quería ver su nombre escrito, Mr Becher, saber que pensaba en mí, que yo no era la única que estaba enloqueciendo ante un deseo que era más grande que yo misma. - Escribe Edward, sáltate todas las normas, tan solo una palabra, una x que de aire a tu presencia - .

Tuve que esperar al lunes. A que la hora de retraso Británico, indicase las nueve de la mañana en su reloj, las diez en el mío, para recibir un email que simplemente decía.

Estimada Elena,
Me gustaría hablar contigo en privado, ¿serías tan amable de facilitarme tu número de teléfono personal?
Edward. x.

<<Estoy loco por verte>> fue el primer mensaje que recibí en mi teléfono móvil, el primero de los cientos que le siguieron en unas horas en las que sería incapaz de concentrarme en nada que no fuese la luz roja de una pequeña pantalla. <<Adoro tus piernas>>, <<mis labios aún saben a tí>>, <<quiero más>>, <<te deseo>>. Mensajes con horario de oficina, de nueve a cinco, de diez a seis, de lunes a viernes. Horas cargadas de una pasión escrita que no escatimaba en detalles, de prisas, de encuentros imaginarios, de buenas y malas intenciones. Horas vivas que morían cuando el portero de nuestras oficinas cerraba la puerta con llave y su silencio pertenecía a otra, a Sarah.

Pasamos dos meses entregados a la pasión escrita de los emails y los mensaje de texto. Mientras en nuestras respectivas oficinas el teclado de los ordenadores se convertía en una banda sonora universal y la máquina de café se convertía en nuestra más fiel compañera, Edward y yo nos abandonados a la impaciencia de las horas, los días, los meses... con un futuro encuentro que llegó gracias al avance del proyecto que nos unió en un recién iniciado invierno y con la llegada de la primavera, llegó también el día en el que nuestras palabras podían traducirse en un idioma mudo que solo ambos entenderíamos.

Llegué al hotel de Paddington a la hora de comer, pero yo no tenía apetito, sabía que Edward me esperaría en la estación de tren de Victoria a las cinco y media de aquella misma tarde y el deseo acumulado de los últimos meses, me oprimía el estómago. Había sido valiente en la distancia, desinhibida en mis mensajes, pero la realidad de volverlo a ver me hacía cobarde y con el paso de las horas aumentó la vergüenza que no esperaba tener.

Teníamos planificada una reunión para el día siguiente, jueves, en su oficina, en aquella que tantas veces había imaginado, el lugar desde el que Edward me entregaba sus horas, el único lugar en el mundo en el que yo, era una prioridad oculta en un mensaje de texto. Tendríamos que marcar los tiempos de las obras, cerrar el presupuesto final y los objetivos, una negociación entre dos fuerzas interesadas que con toda probabilidad, pasarían la noche previa al encuentro juntos. No lo habíamos hablado claramente, nuestra intención era encontrarnos aquella misma tarde para romper el hielo, pero sería estúpido por mi parte no esperar que nuestro encuentro fuese a más. Era eso lo que yo deseaba. Había olvidado por un segundo, que las tardes pertenecían a Sarah y que Londres era su territorio.

Llené de agua la bañera del hotel y me sumergí dentro de las pompas de jabón, hundiendo todo mi cuerpo en un silencio, en el privilegio de sentirme aislada por unos segundos incluso de mis pensamientos. El frío me avisó minutos después de que llevaba demasiado tiempo allí, entre el agua y la porcelana y salí para cubrirme con el albornoz y empezar el ritual de las primeras citas. Aunque esta no lo fuese.

Agradecí la tregua del clima británico que aquel día decidió regalarme una tarde cálida y seca, para estrenar el vestido que había comprado expresamente para aquel encuentro. Era un vestido azul marino, de mangas largas y falda ancha, tenía un lazo estrecho, casi una cuerda, bajo el pecho y el cuello decorado con un bordado en punto del mismo color. Resaltaba mi cintura estrecha y disimulaba el blanco de la piel. Me gustó la imagen que vi frente al espejo, más incluso que aquella en la tienda del Born, una tarde de la semana anterior, cuando ya había comprado los billetes de avión y sabía que el encuentro con Edward era solo una cuenta atrás. Me dejé el pelo suelto, castaño, oscuro por los meses sin playa y sol, ondulado por la humedad natural de la isla. Tenía los tiempos controlados, cronometrados, y salí del hotel a las cinco menos diez en punto, para llegar a Victoria a la hora acordada, antes o al mismo tiempo que él, pero no después.

La estación era un ir y venir de gente uniformada que se dejaba llevar por una moda oscura e impersonal de hombres encorbatados y mujeres con falda de tubo, zapatillas deportivas y tacones en la manos. Olía a café y mantequilla. El calor del metro se confundía con el ruido de los trenes, las cafeteras, las llamadas telefónicas, los taxi, los autobuses... El tiempo era una carrera a contrarreloj en Victoria Station, donde nadie tenía tiempo para nada, donde todos tenían prisa por todo (o por nada).

Pensé que encontrarlo sería una misión imposible, que lo mejor hubiese sido evitar la hora punta de la ciudad, cuando las oficinas cierran y la gente regresa a su casa, siempre lejana del centro. La luz de la estación era tan intensa que una se podía olvidar si fuera era de día o de noche. Allí dentro, entre los luminosos carteles publicitarios, la megafonía, las escaleras eléctricas... podía incluso olvidarme de estar de Londres. Hasta que de pronto lo vi y recordé que eran las cinco y media de la tarde, que fuera aún no había anochecido y que efectivamente, estaba en Londres.

Edward se apoyaba contra una pared de espaldas a mí. Con su americana, pantalón vaquero y mocasines. Me acerqué despacio, sin saber qué decirle, cómo anunciar mi llegada, como actuar después. El tiempo sin verlo había aumentado mi deseo pero Edward seguía siendo el desconocido que besé una noche de invierno en Barcelona. Tanto y tan solo, eso.

-   Adiós querida, te amo - le oí decir antes de que se girase hacia mí, con el móvil aún en la mano y los auriculares puestos.

Sarah acababa de aparecer, sin saberlo, en el momento exacto en el que nosotros empezamos a construir un encuentro diseñado meses atrás. Ella, desde la ignorancia de su casa compartida, a las cinco y media de la tarde, en una hora que le pertenecía y yo estaba por robarle, se colocó como un muro entre dos cuerpos atraídos por un deseo que no entendía de reglas, idiomas ni mares. En la estación Victoria, se fundían en un abrazo postergado, Mr. Becher y Ms. Bas, Londres y Barcelona, Atlántico y Mediterráneo. Aquella llamada, aquel "te amo" debió echarme para atrás una vez más, invitarme a deshacer el camino realizado, regresar a la calma de mis horas de oficina, la soledad voluntaria de mi apartamento, mi manta y mi sofá. Debí retroceder, aún estaba a tiempo, pero había aceptado mi lugar en aquel juego de horas divididas, compartidas y me gustase o no, estaba donde quería estar.

- Bienvenida de nuevo a Londres Ms. Bas - me dijo alargando su mano hacia mí.
- Siempre es un placer visitar esta ciudad Mr. Becher - respondí a su saludo y a la acaricia ínfima de sus dedos en mi mano.

Nadie en aquella estación podía sospechar que la pareja que se acababa de saludar frente al arco principal, acariciándose la mano en un gesto invisible, delicado, con un sonrisa perceptible tan sólo a los enamorados, eran dos futuros amantes recién encontrados. Vivíamos en el anonimato de la ciudad, resguardados bajo el secreto de nuestros sentimientos, en un mundo que solo ambos conocíamos.

- ¿Te apetece si caminamos por el Támesis? - Propuso Edward.

Yo adoraba caminar al borde de los ríos, habían sido siempre un punto de referencia en las ciudades que visitaba. Seguir el recorrido del agua sin la preocupación de tener que elegir rumbo, simplemente dejándome llevar, escuchándome, reconociéndome, compartiendo ese momento con la compañía ocasional y desconocida que de vez en cuando se presentaba a mi lado. Un paseo guiado por los orígenes de cualquier ciudad.

- Si, pero te guío yo. - respondí.

Pasamos por delante de la Catedral de Westminster, caminamos sin fijarnos en las decenas de edificios históricos que salpican una ciudad modernizada, donde los cristales, ocupan el lugar de las piedras de antaño. Entretenidos en el pasado de nuestras vidas corrientes olvidamos el entorno que nos rodeaba, ignoramos las voces ajenas, las miradas desinteresadas. Paso a paso, empecé a conocer un poco más sobre el desconocido que aquella tarde caminaba a mi lado, la persona que no era el señor Mr. Becher, ni la pareja sentimental de Sarah, ni siquiera era el Edward que se escondía detrás de los mensajes y los emails cargados de deseo, era simplemente él, la persona que quiso compartir un paseo a lo largo del Támesis conmigo.

Edward me contó que su padre, Mr Becher, era director del hospital universitario de la ciudad y su madre, pediatra en el segundo piso del mismo centro.

- Nunca quise estudiar medicina - me confesó - aunque seguramente es lo que mis padres hubiesen esperado de mí. Yo soy más pragmático. Los números, las cuentas, me ofrecen un objetivo vital palpable, un resultado inmediato a mis esfuerzos. Por eso estudié dirección de empresas.

Me imaginé su infancia acomodada en un barrio al oeste de la ciudad. Tenía una educación exquisita. Era atento, detallista y respetuoso, al menos conmigo y durante el tiempo que compartimos.

- Yo también estudié dirección de empresas, pero no lo tuve tan claro como tú - admití - lo hice porque la universidad era el paso siguiente a mis estudios secundarios, lo que se esperaba de mí y lo que yo supuse que tenía que hacer. Encontré el placer en mi profesión después, cuando cerré los libros, me independicé y empecé a vivir de verdad.

Habían pasado más de veinte minutos desde que saliéramos de las estación de tren de Victoria, cuando me paré en mitad del puente y me asomé a observar el río. El viento, cada vez más frío, me despeinaba mientras me perdía en los recuerdos de mi infancia, en las veces que mi madre me llevó a aquel mismo lugar e hizo que me apoyase sobre la baranda verde, a la que yo apenas llegaba de puntillas, para no olvidar el paso del tiempo. - El Támesis fue el origen de ésta ciudad. Como lo fue el Sena de París o el Tajo de Toledo y Lisboa. Es en los ríos dónde empieza la historia de cada ciudad y donde viven los recuerdos, el paso de los años, las imágenes de todas las personas que un día pasaron por ellos. El agua nos muestra sus amores, se lleva las lágrimas, nos recuerda que estuvieron aquí - . Repetí la frase de mi madre en voz baja, sin apenas mover los labios, en un susurro. El parlamento a mi derecha, la noria recién estrenada a mi izquierda, símbolos de una ciudad antigua que deja paso al futuro. Londres, lugar en el que todo coexiste en armonía, en la libertad de dejarse llevar.

- Quiero besarte.

Edward se había acercado a mí, había apoyado su mano sobre la mía y con la boca acariciando mi pelo, pronunció las tres palabras que me devolvieron a la realidad.

- Hazlo - propuse.
- Aquí no puedo.

Aquí no puedo. Esas fueron las tres palabras que me devolvieron a la realidad. A esa que yo prefería ignorar, a la realidad que Edward no ocultaba.

- ¿Has estado alguna vez en la "Bodeguita"? - Pregunté.
- No - respondió asombrado - ¿Qué eso? ¿Un bar de tapas?
- No - sonreí - es la bodega más antigua de Londres. Un bar subterráneo de más de ciento diez años.
- ¿Y se llama la "Bodeguita"?
- No - le dije mientras intentaba organizar mi melena alborotada antes de cruzar el puente - así la llamo yo.

"La Bodeguita", era un lugar maravilloso. Hacía varios años que lo conocía y era una visita imprescindible en cada viaje a Londres. Había que buscarla, no se encontraba por casualidad. Su puerta pequeña y estrecha, no daba pistas de lo que se hallaba en el interior, había que entrar, bajar las escaleras y lanzarse a la aventura de un sótano oscuro, de techo bajo y húmedo. Iluminado tan solo por la luz de las velas atrapadas en botellas de vino vacías. Olía a historia, a calor y a uva. Los afortunados que conocíamos aquel lugar, nos manteníamos fieles al reducido espacio de sus mesas, a sus vinos, sus quesos y sus mermeladas. A la magia de un lugar único, exclusivo por su autenticidad.

Edward no hablaba, se dejaba aconsejar por mí en el pedido, frente a una barra abarrotada de personas que disfrutaban de una tarde de jueves sin trabajo que adelantar. Me siguió hasta el fondo de un túnel casi oscuro, donde una puerta metálica, con más años que el propio local, nos invitó a entrar y una vela encendida alumbró el primer beso del día, el irrepetible momento de volver a encontrar sus labios, recordar su sabor, adivinar sus formas.

- ¡Por fín! - me dijo sin separar su boca de la mía.

El tiempo quedó en suspenso, los minutos se derritieron, la humedad bañó nuestras pieles ansiosas de caricias. Llenamos la falta de espacio con besos intensos, apasionados, miradas profundas, caricias sutiles. Se esfumó el miedo a ser vistos, la oscuridad nos protegió de las miradas ajenas, los cuerpos dibujados en uno solo, distorsionó la imagen de dos amantes que se encuentran. Nos perdimos en las sombras del lugar, en el sabor de la saliva, el sudor del cuerpo ajeno.

- Quiero hacerte el amor Elena - me dijo mientras su mano se perdía bajo mi vestido.
- Vámonos - propuse.

Era la primera vez que invitaba a alguien a mi hotel de Paddington, a la casa Londinense que compartía mis ausencias con turistas anónimos. Mantuvimos las formas durante el viaje en metro, respetando la regla de no ser descubiertos, besándonos con la mirada, recordando las caricias que habíamos dejado en el sótano del antiguo bar al lado de río.

Al llegar a la habitación del hotel, hicimos el amor con las prisas contenidas, con las ganas de dos adolescentes que exploran el sexo por primera vez, con sus mismos miedos, dudas. Con el gusto de contentar al otro, regalando el placer propio a las manos desconocidas, a la fiesta de unos dedos que recorren los secretos ocultos bajo la ropa.

- Edward...
- Elena...

Dos nombres que se enredaban entre las sábanas, en los susurros ahogados por el placer, la necesidad de nombrar lo innombrable, de recordar con gestos lo que las palabras jamás podrían contar. El secreto oculto de un orgasmo que se desvaneció sobre un colchón magullado, testigo clave de lo ocurrido, portavoz sigiloso de nuestra aventura. Nos quedamos rendidos al silencio, dejando que nuestros cuerpos se recompusieran mientras nos mirábamos sin decirnos nada.

- Me tengo que marchar Elena - me dijo intentando evitar lo que venía después. La confesión de que su novia lo esperaba en casa, la verdad de sus horas lejos de mí. No lo dijo, se paró al pronunciar mi nombre, pero ambos sabíamos la razón por las cual se estaba vistiendo para marcharse y dejar vacío su lado de la cama, aquel que aún no había tenido tiempo de construir. - La próxima vez me organizo para dormir contigo - añadió.
- No hace falta - respondí. Las excusas estaban de más. Tendría que haberse marchado sin justificarse, sin prometer algo que no sabía si podía cumplir, aceptando que las cosas eran así y así continuarían.
- Sabes que no puedo...

Le tapé la boca con un dedo para besarle después. No quería escuchar, prefería quedarme con el sabor de sus besos, el temblor de mis piernas, el olor de su perfume en mi piel.

- Hasta mañana Edward - me despedí volviendo a la cama, dejando caer mi cuerpo desnudo sobre el colchón magullado.
- Me vuelves loco Elena - dijo mordiéndose los labios.

Se acercó para besarme por última vez pero alargué mi pierna hacia él, apoyé mi pie contra su torso vestido e impedí que se acercase a mí. No quería prolongar la despedida. Señalé la puerta con un gesto de cabeza y él obedeció.

Para cuando Edward salió de la habitación, Inglaterra había dejado de ser el país de la reina Isabel, la isla Atlántica de la libra y los taxis negros, del fish and chips, del brunch, el lunch y el English breakfast tea. Dejó de ser la tierra de mi madre, de mis antepasados, la mitad de mis origenes, parte de mi sangre, para ser solo Edward. Londres me conquistaría eternamente, firmaría la paz de un amor-odio unilateral, sería mi corazón, mi cabeza y mis lágrimas. Londres sería él, yo, nosotros. La noche de hotel, el sexo, el paseo por el Támesis, sus manos, la estación de tren, la "Bodeguita", su perfume, Holborn, una reunión, un hombre, un nombre, Edward.

- Buenos días Mr. Becher.

Su oficina no era como yo la había imaginado. Llevaba meses escribiéndome con él, fantaseando detrás de la pantalla de su ordenador, al otro lado del móvil, construyendo su paisaje a mi antojo, poco fiel a la realidad. Eso fue lo primero que comprobé cuando ambos volvimos a vestirnos de Mr. Becher y la señorita Bas, cuando volvimos a colocarnos en el lugar del mundo que nos correspondía. Aquel que no necesitábamos imaginar.

Cuando la realidad toca a la imaginación y convierte en verdad aquello que tanto hemos deseado, dejamos de crear paisajes imaginarios para ser fiel a un cuadro mucho más complejo, a una imagen nítida, cruda, que no deja espacio a la fantasía. Si yo hubiese sido parte de la vida de Edward, la que venía antes o después de los mensajes, la ilusión que me llevó a acercarme a él, se hubiese desvanecido bajo el manto de una rutina mucho menos interesante que mi fantasía. Si yo hubiese convivido con el Edward que cada mañana desayunaba una tostada con mantequilla y un té, que jugaba a fútbol cada martes por la tarde con los amigos de la infancia, el que salía correr los sábados por la mañana por Kensington Gardens... El Edward ambicioso que nunca se conformaría con los éxitos profesionales y siempre, insatisfecho, aspiraría a más. Si hubiese tenido que compartir mi vida con la parte hooligan de Edward, la que los fines de semana se hinchaba de cerveza en un *pub* con decenas de seguidores del Chelsea Football Club, el que se compraba libros que nunca leía, el que conocía los mejores restaurantes de la ciudad pero prefería cocinar en la intimidad de su casa. Si Edward y yo hubiésemos sido una pareja corriente que comparte cuarto de baño, lavadoras, listas de la compra, colas infinitas en las cajas de los supermercados y facturas, la locura que nos arrastró durante meses hubiese sido el espejismos de que lo que pudo ser y no fue.

Por eso, la mañana en la que nos reunimos en su oficina, después del encuentro apasionado del día anterior, tuvimos que vestirnos de Mr. Becher y Ms. Bas, para que la realidad no contaminase nuestro juego, para dibujar una línea gruesa, casi un muro, que separase la realidad en la que no queríamos vivir, del sueño en el que vivíamos. Porque yo no quería ser Sarah, ni él pretendía que yo lo fuese.

- Buenos días señorita Bas. ¿Ha tenido usted un buen viaje?
- Estupendo, gracias - respondí - venir a Londres es siempre un placer para mí. Créame.

Él me sonrió. Podíamos vestirnos con nuestro disfraz más profesional, levantar un muro, separar el sueño de la realidad, pero no podíamos evitar jugar con las palabras, los gestos y las miradas. Al fin y al cabo, éramos siempre, Edward y yo.

Le seguí a lo largo del pasillo, un laberinto de puertas cerradas, hasta llegar a la sala de reuniones, una estancia mal iluminada de moqueta clara y muebles caoba.

- Le presento a Mr. Higgins, director técnico, Mr. Davis, responsable de marketing y Mr. Case, mi asistente.

Saludé a uno y a otro con determinación. Era la primera vez que conocía al equipo de Edward, el que estaba detrás del proyecto de Holborn. Había visto sus nombres escritos en algún correo electrónico pero desconocía su aspecto.

Mr. Higgins, Mr. Davis y Mr. Case, eran la viva imagen del Mr. Becher que imaginé la primera vez que recibí su email hablándome del edificio Georgiano <<con columnas en la entrada y setenta y dos ventanas típicas de su estilo arquitectónico>>. Como bien predijo el señor Cuevas cuando me incorporé a la Beauty Building Company, en la gran parte de mis reuniones me encontraría rodeada de hombres que con toda seguridad serían mayores que yo.

Aquella mañana, nadie intentó hundirme por pura diversión, menospreciarme por mi edad o sexo, ignorarme o incluso apartarme. Aquel día, como en la mayoría de las reuniones del último año, la negociación la controlaba yo. - Son ellos los que te necesitan a tí, no tú a ellos - me había dicho el señor Cuevas - no eres tú quien tiene que demostrar tu valía, son ellos quienes tienen hacerlo - . Estaba en lo cierto y si no fuese porque Mr. Becher me embriagó con su perfume en el montacargas del edificio de Holborn, probablemente aquella reunión nunca se hubiese producido, pero en un momento de mi vida en el que Edward se convirtió en la nueva ilusión, aquel proyecto sirvió de excusa para saltarme la regla número uno en los negocios: <<no mezclar el trabajo con los sentimientos>>. En mi caso, con la pasión.

Había pasado un mes desde nuestro último encuentro en Londres cuando tuve que inventar una excusa que propiciara una nueva cita.

Edward y yo habíamos seguido con nuestra relación de mensajes con horarios de oficina. Seguimos dedicándonos las ocho horas, de lunes a viernes. Horas en las que el deseo era tan solo la extensión de un encuentro, de una noche en la habitación de un hotel en Paddington. El proyecto de Holborn había tomado su curso y Edward y yo estábamos involucrados en nuevos negocios que en vez de acercarnos, nos alejaban. Mi destino ya no era Londres, sino Amsterdam y aquello que un día nos unió profesionalmente, había dejado de unirnos físicamente.

Si en algún momento pensé, que la noche que pasamos en Londres serviría para aplacar la pasión que inició, cuatro meses atrás, en el montacargas de un hotel con tres estrellas, me equivoqué. Nuestro último encuentro sirvió para todo lo contrario. Quería volver a sentir los nervios de los días previos al encuentro, la adrenalina, la pasión de unos besos que se reconocen y se desean. Mi rutina, sin la ilusión de volverlo a ver, se había vuelto aburrida. Nada era comparable con la explosión de sentimientos que reviviría ante la expectativa de un nuevo encuentro. No era solo el placer de verle, era todo lo que conllevaba. El antes, el durante y el después.

Aquella ilusión, era casi un delirio, una droga. Una montaña rusa de la que no quería bajar. Me gustaba estar en las alturas, ante el vértigo de una caída, de una nueva curva, despeinada, alocada, excitada... y una vez que probé aquella sensación, caminar en tierra firme con zapato plano, me resultó extremadamente aburrido.

Nada hubiese tenido esto de malo, si no hubiese utilizado el cumpleaños de mi amiga Anna, como la excusa que me acercaría a Edward. A mi parque de atracciones particular.

- ¡Elenaaaa! - gritó Anna cuando abrió el sobre que le dí como regalo de cumpleaños para estrenar una nueva década. La de los treinta. - ¿De verdad? ¿De verdad, de verdad?
- Siempre has dicho que uno de tus sueños es ver un musical en Londres, ¿no? Pues ya está, nos vamos la semana que viene.

Había comprado dos billetes de avión, reservado mi habitación en Paddington y dos asientos en primera fila del Lyceum Theatre para ver el musical del Rey León. Era consciente de la canallada que le estaba haciendo a mi amiga, no por haber hecho de su cumpleaños mi excusa, que también, sino por haberle ocultado los motivos reales del viaje.

Hacía casi una década que conocía a Anna. Ella era uno de esos regalos que te hace la vida en forma de amistad. Cuando nos conocimos, Anna tenía apenas veintidós años y yo acababa de empezar la universidad. Éramos dos niñas venidas a más, despidiéndose de la adolescencia y empezando a entender las responsabilidades de una vida adulta que tocaba a nuestras puertas. Nos sentíamos demasiado maduras para lo primero y muy jóvenes aún para lo segundo. Estábamos en la cuerda floja de los veinte años, una edad en la que nos tocó aprender experimentando, a base de prueba y error.

Anna era de Cardedeu, un pueblo en la provincia de Barcelona. Había nacido en Alemania, hija de un arquitecto catalán y una profesora portuguesa que emigraron al terminar sus estudios en busca de una oportunidad que su país natal no les ofrecía. Como la mayoría de los extranjeros que probaban suerte en el país alemán a finales de los años sesenta, los padres de Anna vivían en un gueto a las afueras de la ciudad. Miles de personas provenientes de italia, portugal, españa, grecia, turquía, marruecos y túnez, emigraron a Alemania para cubrir la carencia de mano de obra que el país centro europeo sufría por aquel entonces. Las condiciones en las que los nuevos habitantes vivían, no eran las ideales para su inclusión en la nueva tierra, pero quien huyó de su país natal, lo hizo con la garantía de un futuro mejor.

El padre y la madre de Anna, dos jóvenes de distinta nacionalidad, se conocieron en el gueto que ambos compartían, el lugar en el que la añoranza del pasado, del lugar al que una vez llamaron casa, se apaciguaba a base de experiencias, sabores y sueños compartidos. Allí donde miles de personas con el mismo deseo de supervivencia y superación, aprendían un nuevo idioma, una nueva forma de vida y una versión amable y generosa de la amistad. Su país de origen dejó de ser un motivo de separación y pasó a ser una nueva razón de unión. Todos estaban a una y si el frío golpeaba en invierno, se encendían los fuegos y el barrio, el gueto, se convertía en el calor de las amistad y el amor en tiempos de esperanza.

Los padres de Anna se adaptaron con facilidad a su nueva situación, eran de los pocos privilegiados que habían conseguido un trabajo bien remunerado en el centro de la ciudad. Entre tanta mano de obra barata, pocos eran los afortunados que conseguían ser reconocidos por su estudios o cualidades, y ellos lo fueron. Recién casados, alquilaron un pequeño apartamento fuera del gueto y tuvieron a su primera hija, Anna, que nació en una casa multicultural en la que el portugués, el catalán y el español se hablaban de puertas para dentro, mientras que usaban un exquisito alemán, con apenas acento extranjero, para comunicarse en público.

Nunca pensaron en regresar, estaban bien en Alemania, agradecidos por la oportunidad, aunque hubiesen deseado tener más tiempo libre para viajar a su tierra. El problema de regresar a su país, era una opción que no se valoraba, pero las rarísimas veces que el asunto se puso sobre la mesa, la pregunta era siempre la misma.

- ¿Qué casa? ¿la tuya o la mía?

Y es que el significado de la palabra casa variaba dependiendo de quién lo pronunciase. Barcelona o Coimbra.

La respuesta la tuvo una empresa catalana que se puso en contacto con el padre de Anna, cuando esta tenía cuatro años y aún mezclaba los idiomas. Le ofrecieron un puesto de trabajo como jefe de equipo, en una constructora de Barcelona. Una oferta <<irrechazable>> le dijeron, tanto que a los tres meses regresaron en tren a la ciudad natal de él y empezaron una vez más, a construir una nueva vida. Esta vez más cálida y cerca del mar.

Cuando yo conocí a Anna, tras la barra de una cafetería en el centro la ciudad, pensé que era extranjera y en parte no me equivocaba. Tenía la belleza nórdica que heredaría de algún pariente lejano, pues dudo que nacer en alemania garantice una melena rubia y ojos azules. Era culta, educada, respetuosa y generosa, muy generosa. Era la responsable de la cafetería a la que yo acababa de entrar con un periodo de prueba de un mes, sin ninguna experiencia profesional y mucho miedo a equivocarme. Ella, que solo era dos años mayor que yo, tenía toda la experiencia que a mí me faltaba, fue paciente. De Anna aprendí el duro trabajo que hay detrás de la barra de un bar, pero sobre todo aprendí lo que significaba el compañerismo. Cubrirnos las espaldas, exigir el mismo respeto que damos, entender que no todos los días son iguales y que hoy es por tí porque mañana, seguramente, será por mí.

El trabajo de camarera, no era ni su profesión ni la mía. Anna, que solo tenía cuatro años cuando llegó a Cardedeu, creció en el plurilingüismo. Hablaba alemán, portugués, catalán y español a la perfección y su inglés era mucho más decente que la media del país, por eso apenas tuvo elección cuando terminó los estudios medios y tuvo que elegir carrera. Traducción e Interpretación.

Cuando empezó con los estudios universitarios, sus padres le propusieron que siguiese viviendo en la casa familiar y viajase a Barcelona a diario, al fin y al cabo, la distancia era corta, tan solo tenía que subirse a un tren y esperar cuarenta minutos hasta llegar a la universidad. Pero ella, como la mayoría de las chicas de su edad, quería disfrutar de la libertad y la independencia de sus dieciocho años, aunque eso significase tener que compaginar sus estudios con el trabajo de camarera para pagar el alquiler en un piso compartido de la capital.

Compartí con Anna ocho horas diarias, de viernes a domingo durante tres años y cuando por fin terminó la carrera de traducción e interpretación y pudo dejar de trabajar en la cafetería pues su nuevo puesto en una multinacional dedicada al comercio exterior le permitía pagar el alquiler de un apartamento, no compartido, dejamos de ser compañeras de trabajo para ser simplemente amigas. Muy buenas amigas. Tan buenas, que no entendía mi rutina sin la suya, mis problemas sin sus consejos, mi ilusión sin su alegría.

Había pasado una década desde que nos conocimos en mi primer día de prueba en la cafetería y me sería muy difícil contar mi historia sin llevar la suya de la mano. Juntas vivimos las mejores fiestas, descubrimos ciudades europeas con la mochila a cuestas, compartimos litera en los albergues juveniles, lloramos los desamores, celebramos las alegrías, nos enfadamos por estupideces para hacer las paces con una buena cena en un restaurante mexicano. Pura excusa para beber tequila. Nos llamaban *Eleanna* y es que allí donde estaba la una, estaba también la otra. De hecho, fue ella quien vino a buscarme al aeropuerto de Barcelona el día que regresé de Menorca, con una goma de pelo menos y una nueva cicatriz.

Mi vida era más bonita compartiéndola con ella, aunque con los años, las responsabilidades profesionales nos hubiesen privado de todo el tiempo libre que antes disfrutábamos juntas. Aún así, su nombre seguía siendo siempre el primero en mi agenda telefónica y cada mañana, al sentarme frente al ordenador de la oficina, lo primero que hacía era escribirle un email. Ella era mi pequeño diario. Por eso fue una canallada brutal llevarla a Londres sin haberle hablado de Edward, usarla por pura satisfacción personal. Si alguna vez en mi vida he sido egoísta, ese día fue uno de ellos.

Me equivoqué al no contar con ella, al hacerle creer que mi regalo era desinteresado, al utilizar su amistad como pretexto. Me equivoqué al ocultarle la historia con Edward, al no compartir con ella aquello que llevaba viviendo durante más de cuatro meses. No temía su desaprobación, Anna era sincera pero no emitía juicios de valor gratuitos. Era empática y podría no estar de acuerdo conmigo en muchas cosas, pero desde luego, no criticaba. Quizás no entendiese por qué me había vuelto loca por Edward, había inclumplido la regla número uno de los negocios y vivía pendiente de un teléfono móvil. Seguramente no comulgaba con mi forma de actuar de los últimos meses, pero esto no me daba derecho a mentirle, o más bien, a no compartir con ella aquello que me sucedía, la razón por la cual estábamos subidas a un avión rumbo a Londres.

Había decidido no avisar a Edward de mi viaje hasta pisar suelo británico y una vez allí, lo hice enviándole una fotografía de la cama de Paddington a través del teléfono móvil. Servía una sola imagen.

- Ojalá estuviese allí ahora mismo - respondió él.
- Es fácil, ven - escribí yo.

Mi teléfono sonó de inmediato. Edward me estaba llamando.

- Elena, ¿estás en Londres?
- Si, he venido con mi amiga Anna - le dije - vamos a ver un musical cerca de Covent Garden esta noche y

mañana volvemos a Barcelona. No te lo he dicho antes - justifiqué - porque ha sido una cosa de última hora.

Mentí porque no quería que se creyese el centro de mi planes. Mentí porque no quería yo que él fuese el centro de mis planes. Aunque aquel día fuese, tristemente, así.

- ¡Mierda! esta noche tengo cena. Intento escaparme después, ¿ok? Aunque sea para un copa.
- Ok - me despedí - Espero verte luego.

En verdad, contaba con ello. La idea de haber ido a Londres para estar con Edward y que él no estuviese disponible para mí, no entraba en mis planes. Debía reconocer que había sido doblemente egoísta, nos sólo había llevado a una amiga engañada a Londres, sino que había aparecido en la ciudad sin decirle nada a Edward. Peor aún, esperaba que ambos estuviesen a mi disposición.

El musical de El Rey León cumplió con las expectativas de Anna. Nada más empezar, el teatro se llenó de animales de cartón, pájaros que sobrevolaban los asientos tapizados de la sala, una música que cubría cada rincón, emoción en estado de puro. Un sueño, una vibración, arte, la magia del teatro. Fue un espectáculo maravilloso, de esos que te hacen mejor persona, de los que te llevan a otra dimensión y al finalizar, cuando se cierran las puertas tras de ti y respiras de nuevo el aire de la ciudad, todo tiene otro color, el mundo es definitivamente un lugar mejor.

Aquel regalo, no fue solo para Anna, fue también para mí. Compartir el espectáculo de El Rey León con ella, aquel día, en esa ciudad, fue el principio del viaje que me llevaría horas después a entender las prioridades en mi vida. Fue el inicio de un final que era tan solo un principio.

Eran las nueve de la noche cuando salimos del Lyceum Theatre y mi teléfono móvil seguía sin sonar. La ciudad tenía las luces encendidas, el viento fresco que venía del Támesis nos acompañaba en nuestro paseo a través de las líneas paralelas del río. Los árboles cubrían el cielo estrellado de un lluvioso día que se había cansado de trabajar. Anna y yo paseamos aún excitadas por lo vivido, comentando los detalles de un show que aún palpitaba dentro de nosotras. La noria, iluminaba nuestro norte, el camino a seguir en una noche tranquila y poco traficada. El teléfono en mi mano seguía sin sonar y por primera vez, mientra Anna revivía una y otra vez los pasajes del musical, pensé en aquello que no entraba en mis planes; la posibilidad de que Edward no llamase.

- Elena, ¿vas a contarme de una vez por todas lo que te pasa?

Anna y yo llegamos a la "Bodeguita" a las nueve y media de la noche, aún sin cenar. Llevaba tantos años hablando a mi amiga de aquel local que insistió en que la noche, dependiera de lo que sucediese después allí, terminase o empezase en los sótanos de aquel "misterioso" local.

Pedimos una botella de vino tinto con dos copas en la barra. La sala interior estaba abarrotada de gente, el aire húmedo era casi irrespirable y aunque fuese la opción menos romántica, subimos la escalera hasta llegar al largo patio exterior donde decenas de personas habían ocupado las mesas de plástico de la terraza. Demostrando que mi pequeño secreto era cada vez más popular.

"La Bodeguita" había sido uno de esos secretos que la ciudad guardaba para mí y otros pocos privilegiados. Me gustaba presumir de su exclusividad, saber que pertenecía al escaso grupo de personas que aún podíamos disfrutar de una buena botella de vino, con queso y mermeladas francesas, pescado frito, aceitunas rellenas, foie, embutidos y otros productos de exportación europeos "escondidos" bajo los cimientos de la ciudad. "La Bodeguita" era mi sitio y por primera vez había perdido el honor de sentarme en una de las mesas de madera situadas en el salón interior, el lugar en el que las velas se derriten dentro de botellas de vino vacías, las paredes de piedra sudan la humedad y las puertas metálicas recuerdan que una vez, casi cien años atrás, aquel era un lugar prohibido.

Pero habían pasado más de cien años desde que aquella bodega se inagurase en 1880. Los habitantes de la ciudad, había compartido el secreto y yo había dejado de pertenecer a un grupo selecto de personas privilegiadas para ser solo una clienta más. Enfrentarme a aquella nueva realidad me llenó de nostalgia.

Anna y yo nos sentamos en el suelo del patio exterior. Apoyadas contra la pared, cerca de la puerta trasera. Con la botella de vino y las copas entre el espacio hueco de nuestros cuerpos.

- Llevo todo el día esperando a que decidas contarme lo que te pasa, pero veo que necesitas un empujón. ¿Me lo vas a decir o tengo que emborracharte?

Me daba miedo pronunciar en voz alta las palabras que me atormentaban, tenía terror por confesarle mi traición, mi absurda estupidez. Bebí para tragar mi cobardía y con la copa vacía en la mano, confesé.

Le hablé de Edward, de cómo nos conocimos, de la tarde en Barcelona, la noche en Londres, los mensajes, los mails... Le hablé también de Sarah, la mujer con quién él compartía las restantes dieciséis horas de su día, las que no pasaba en la oficina escribiendo a la chica que conoció en el montacargas de un edificio Georgiano de Holborn un día soleado del mes de enero. De cómo había utilizado su regalo de cumpleaños como pretexto para verle y de cómo llevaba varias horas esperando una llamada que aún no llegaba.

- No llamará - me dijo ella - Acabas de saltarte las normas del juego. No llamará.
- ¿Qué quieres decir?
- Estás en su territorio, en las horas del día que tú misma has dicho <<no te corresponden>> y pretendes que deje lo que sea que esté haciendo para venir aquí y pasar la noche contigo. Solo porque tú así lo has decidido. No funciona así Elena, siento decírtelo.

Me quedé pensando en sus palabras. Anna, tenía razón, esperaba que Edward estuviese a mi disposición cuándo y dónde a mí me diese la gana y no era así cómo funcionaban las cosas. Éramos dos personas adultas viviendo encuentros acordados en lugares y horas pactadas. Yo seguía incumpliendo las normas, esperando que él, Anna y el mundo en general, girasen a mi alrededor y me equivocaba, pero una parte de mí se sentía herida, rechazada. Me estaba equivocando y no aceptaba que la única responsable era yo.

- No te está rechazando Elena, no te estoy diciendo que no quiera estar ahora mismo contigo. Puede que se esté volviendo loco, que no haya nada que desee más que venir ahora mismo aquí y besarte durante horas. Puede, no lo sé... pero ésta no es la manera de hacer las cosas. No puedes pretender que ponga una bomba en su vida solo porque a tí te ha parecido una buena idea venir a ver El rey León con una amiga. No me jodas... eso es de primero de carrera sentimental.

La odiaba y la quería por igual.

- ¿Que haces? - preguntó al ver que me levantaba en silencio.
- Necesito un pitillo - respondí.
- Pide dos, estamos de celebración.

Nos fumamos los dos cigarrillos prestados por un grupo de jóvenes imberbes y pedimos una segunda botella de vino. Esta vez, elegimos la mejor.

- ¡Por nosotras!

Anna y yo brindamos a cada copa, no necesitamos inventar motivos para celebrar. La amistad era por sí misma, una buena razón.

- Perdóname Anna - sabía que ella no esperaba una disculpa por mi parte pero tenía que hacerlo, era justo que aceptase mi error y me disculpase por ello. Si no lo hacía, mi equivocación carecería de importancia y la tenía. Necesitaba pedirle perdón porque aceptar mi error era el único modo que tenía de aprender de él. Lo hacía por mí, pero también lo hacía por ella, porque no todo vale en la vida y tampoco en la amistad.
- ¿Perdonarte por qué Elena? ¿Por traerme a Londres y llevarme a ver el musical más espectacular de la historia? - Anna era una exagerada innata. Una agradecida.

- Ya sabes por qué...
- Bebe y calla- respondió.

Como bien predijo Anna, "La Bodeguita" fue tan solo el inicio de una larga noche en la que repasamos los mejores momentos de una década de amistad. Reímos por los recuerdos, brindamos por las personas que una vez entraron y que por suerte ya no estaban en nuestras vidas. Confesamos secretos ya confesados y nos lamentamos de nuestra mala memoria. Esa noche aprendimos que nuestra espalda estaría siempre cubierta por el amor de la otra, que si alguien nos hacía daño, se enfrentaría a dos mujeres que no le dejarían ganar la partida y que si alguien nos amaba, ganaba un amor y una amiga. Aprendimos aquello que ya sabíamos pero que era importante recordar, porque a veces olvidamos que el amor no es solo uno. Confundimos sus cuatro letras con otras cuatro que se le parecen pero que son bien distintas; sexo.

El amor es indefinible e inconfundible, no habla solo de pasión, habla de respeto, de compañerismo, de empatía, entendimiento, apoyo, confianza, orgullo y dignidad. El amor es único en sí mismo pero debe ser compartido. Amamos las personas, los animales, las plantas, los ideales, el arte y las pasiones... nos amamos a nosotras mismas, o eso deberíamos hacer por principio.

Amar es ganar y yo, aquella noche de primavera Londinense gané mucho. Amaba a mi amiga Anna y aquello me debió bastar desde un inicio. Anna debió ser la única razón de mi viaje a Londres. Así fue.

Pasaron tres semanas desde que Anna y yo regresáramos de Londres. Edward me escribió el lunes siguiente a nuestro regreso, a las diez de la mañana, cuando su reloj indicaba solo las nueve y daba oficialmente inicio el horario de oficina Británico. Se disculpó por no haberme llamado el jueves anterior y justificó su ausencia con una cena que se alargó durante horas y le impidió escaparse a tiempo para encontrarme en el hotel de Paddington. No importaba, si alguien tenía que justificarse por lo ocurrido aquella noche, esa era yo, y ya lo hice con Anna en "La Bodeguita".

La próxima vez, me encargo yo de organizar un encuentro.

Cuento las horas….

Edward. x.

Eso fue lo que Edward escribió en su primer correo electrónico de la semana y antes de que terminase el mes, había cumplido con la promesa.

Después del viaje a Londres, yo me había prometido a mi misma no inventar nuevos pretextos para propiciar un encuentro. Vivía más serena desde entonces, pero continuaba deseando a Edward. Las semanas seguía transcurriendo entre mensajes y correos electrónicos con horario de oficina. El recuerdo de la noche de hotel en Paddington seguía alimentando nuestro deseo, que no daba tregua, no se calmaba con el tiempo. La distancia seguramente hará el olvido, pero no hizo que se desdibujase la pasión que yo sentía cada vez que recordaba el cuerpo de Edward, el modo en el que se desabrochó la camisa, poco a poco, dejándome descubrir su torso botón a botón. Aún recordaba el sabor del primer beso en una calle de Barcelona, las prisas de las caricias nocturnas, la torpeza de un abrigo abrochado que hizo de muro a unas manos ávidas por descubrir el tacto de una nueva piel.

Seguíamos deseándonos, imaginando encuentros, fantaseando con habitaciones de hotel que esperaban el momento de nuestro reencuentro. Edward era aún mi gran ilusión, aquella que me hacía vibrar cada mañana esperando un nuevo mensaje cargado de caricias descritas con todo lujo de detalle. Seguía siendo él quien controlaba el juego, siempre esclavo, con su horario de oficina.

- Elena, tengo un plan que proponerte - escribió cuando habían pasado tres semanas de nuestro encuentro fallido en Londres - El miércoles me marcho a Lanzarote. Acaban de avisarme de que tengo un curso de formación allí con varios compañeros de la agencia y diversas personas del sector. Estaré bastante liado los primeros días pero había pensado que si puedes venir el viernes, yo le digo a Sarah que el curso termina el domingo y pasamos el fin de semana juntos. ¿Qué te parece?

Ese mismo día pedí el viernes libre, reservé un apartamento en Puerto Calero, alquilé un coche en el aeropuerto y compré el billete de avión.

Lanzarote era una de mis visitas pendientes. Había estado en la isla a los diecisiete años, la primera vez que cogí un avión sola. Hasta aquel entonces, cuando viajaba, lo hacía siempre acompañada por mi madre, pero una de mis amigas de la infancia, uno de esas que compartió barrio y escuela conmigo hasta los quince años, se había mudado a Fuerteventura y aproveché la ocasión para hacer una pequeña escapada antes de iniciar el último año de instituto. A su madre, que era una brillante ingeniera, le habían ofrecido un puesto de trabajo en la isla. Una nueva empresa constructora se encargaría del proyecto turístico que una cadena hotelera había firmado con el gobierno local y la madre de mi amiga sería la responsable técnica de dicho proyecto.

Mi amiga, echó de menos Barcelona el tiempo que duró el viaje en avión desde su ciudad a su nueva casa. Allí, en una acogedora vivienda con suelo de cerámica roja, piscina privada y vistas a la infinita playa de arena blanca que perfila el hermoso paisaje de isla Atlántica, pasé una semana. Fueron siete días de paz, viento fresco, olas, sol, aire puro, naturaleza, agua y sal. Estar rodeada de mar me hizo sentir que yo también, estaba en casa.

- Antes de que vuelvas a Barcelona, tenemos que ir a Lanzarote - propuso mi amiga - si te conozco bien, te va a enamorar.

Y es que una infancia en común en el barrio de Gracia, da para mucho y ella supo desde el inicio que Lanzarote sería para mí, un nuevo amor.

Nos montamos en el Ferry que conecta Fuerteventura con su vecina del norte y visitamos Lanzarote. Fueron solo seis horas, el tiempo justo para prometerme a mí misma que volvería, que reviviría la magia de las cenizas, el color oscuro de sus playas, el imán en forma de minerales que te atrapa, te prende los pies y te ancla en su tierra volcánica. Edward no podía haber propuesto un destino mejor para aquel que sería nuestro último encuentro, aunque ninguno de los dos lo sospechábamos aún.

Aterricé dejando un atardecer tras de mí. Barcelona estaría comenzando a oscurecer a las ocho de la tarde, pero en la isla que compartía horario con Edward, aún brillaba el sol a las siete. Llevaba mi maleta conmigo. Iba a pasar tan solo dos noches en Lanzarote y me bastaba poco más que un par de vestidos y unas sandalias para recorrer la isla. No es lo mismo viajar dos días a Norfolk que a hacerlo a Canarias.

En la oficina de alquiler de coches, me entregaron las llaves de un Fiat Panda gris y lo primero que hice al subir en él, fue ponerme las gafas de sol y meter el cd que había llevado para el viaje. Las canciones son como los olores, tienen la virtud de recordarnos eternamente un momento, una persona, un sensación. Basta con escuchar las primeras notas musicales de una canción dedicada a un amor, cantada en el patio de la escuela o en un karaoke de madrugada con un grupo de amigas para transportarte a ese lugar, al suelo de una habitación en la que sonaba Luis Eduardo Aute mientras yo cerraba los ojos y volvía recordar.

Para mi viaje a Lanzarote elegí Salitre 48. No estaba en la ciudad del viento, pero sabía que el rompeolas me recordaría a él. Que el rompeolas me alejaría de él.

Llegué a la urbanización de Puerto Calero en la que había reservado el apartamento cuando el atardecer empezaba a bañar las montañas del color del fuego. No me costó más de veinte minutos llegar a ella desde el aeropuerto y aparcar el coche en la entrada principal, en una calle con nombre de princesa aborigen Canaria. Desde allí no podía ver el mar, pero sentía la brisa, la sal en la piel.

No vi a muchas personas en la urbanización cuando llegué. Un par de familias en la terraza frontal de cada apartamento, bicicletas aparcadas frente a la puerta principal, toallas colgadas del balcón en el segundo piso, puesta a secar. La piscina que servía de patio interno para un vecindario cuadrado y temporal, estaba vacía pero el agua a su alrededor era el testigo final de un día de verano en una isla que no conoce el frío.

Metí la llave en la puerta que la reserva de alojamiento indicaba bajo mi nombre y apellidos. Entre todos los módulos blancos, estrechos y alargados, en forma de apartamento unifamiliar con ventanas de madera, el mío era el central. Edward se alojaba en un lujoso hotel a pie de playa pero yo preferí la intimidad de una casa privada a la indiscreción de las puertas amontonadas, como piezas de dominó, de un pasillo premiado con cinco estrellas. Para mí, la estancia en la isla no tenía nada que ver con mis viajes de negocios, aunque Edward en cierto modo fuese parte de mi vida profesional, por eso quise alquilar un espacio que pudiese hacer las veces de una casa. Anónima y compartida, temporal, pero mía. Los hoteles eran parte de mi rutina, justo aquello de lo que yo necesitaba escapar.

El apartamento estaba dividido en dos pisos. Tenía un amplio salón en la entrada, con dos sofás que miraban en paralelo a una larga mesa de color negro y una pequeña terraza con dos hamacas que observaban la soledad de la piscina comunal. En la planta superior, bajo el techo de madera oscura, después de subir una decena de escaleras, estaba la habitación principal con paredes también blancas, cama doble y un armario de cristal. Apoyé el libro que llevaba como compañero de viaje sobre la mesa de noche cercana a la ventana que miraba, pero no veía, el mar. Marqué mi lugar en aquella cama que aún no había designado los puestos a ocupar, pero que aquella noche sería solo mía y le daría un respiro a la historia de tapa dura que cambiaba de país antes de que un capítulo llegase a su final.

No veía a Edward hasta la mañana siguiente. Antes de embarcar en el avión, mientras aún estaba en Barcelona, me había avisado que la empresa responsable del curso de formación había organizado una cena de despedida para todas las personas asistentes y ambos decidimos que sería mejor vernos una vez terminado el curso, cuando sus compañeros estuvieran de regreso a casa y la isla se quedase sin testigos conocidos. Estábamos en territorio neutral, teníamos derecho, por primera vez, a un encuentro en libertad.

- ¿Vienes a buscarme?

Eran las nueve de la mañana cuando el mensaje de Edward me despertó. Hacía tiempo que no dormía tan bien como aquella noche. Se me habían pegado las sábanas. Sería la magia de la isla, el olor a sal, la brisa que se colaba bajo la puerta de la habitación, el sol claro y brillante que se escondía detrás de la ventana. La cama parecía flotar en medio del océano y yo estaba dispuesta a dejarme llevar pero había llegado la hora de poner los pies sobre la tierra y empezar a vivir la aventura que me había llevado hasta la isla, una cita a la que apenas le quedaban veinte horas.

Mientras me acercaba con el coche de alquiler hacia la puerta del hotel en el que Edward se alojaba, sonaba el final de una canción que entre los acordes de guitarra cantaba a una pena y se juraba olvidar por necesidad. <<De alguna manera tendré que olvidarte, tengo que olvidarte de alguna manera>>. Yo también tendría que hacerlo y el reloj había iniciado ya su cuenta atrás.

Edward, me esperaba frente a la puerta acristalada de la recepción. Apenas rodeé las palmeras que decoraban la rotonda de la entrada, lo ví. Habían pasado dos meses desde nuestro segundo y último encuentro. La última vez que estuvimos juntos, fue en la sala de reuniones de su oficina Londinense junto a Mr. Higgins, Mr. David y Mr. Case. Nada tenía que ver aquel cuarto de luz oscura y moqueta, con la claridad de una nueva mañana en Lanzarote.

A Edward, lo recordaba con sus mocasines, los pantalones largos y el primer botón de su camisa siempre desabrochado. Verlo disfrazado de turista, con el pantalón claro, las menorquinas y una camiseta verde con un línea negra que cruzaba su pecho en horizontal, hizo que me diese cuenta de todas las cosas que aún desconocía de él. Aquel uniforme de turística británico pertenecía a su otro mundo, a la parte de su vida en la que yo no existía. Recordé que lo que estuviera por pasar, pertenecería sólo al sueño de una noche canaria.

<<Que las olas te lleven, que las olas te traiga y que nunca te obliguen el camino a elegir>>.

Por primera vez, teníamos por delante un encuentro en el que la prisa no sería protagonista. Podríamos dosificar los besos, calmar la pasión, gozar de las caricias a plena luz del día. Disponíamos del tiempo suficiente para disfrutarnos de verdad, sin la necesidad de vestir nuestro día de velocidad. Dejábamos de construir momentos para escribir una historia a la que solo le faltaba el final.

Metimos su equipaje en el maletero del coche y empezamos a disfrutar las horas que aún nos podíamos garantizar. Con el motor en marcha, invertimos el orden de las agujas del reloj e iniciamos la ruta costera en Punta Mujeres, Jameos del Agua, Orzola y el Mirador del Río.

- Esa isla que ves frente a tí, se llama La Graciosa - me dijo Edward. - Apenas viven ochocientas personas en sus cerca de treinta kilómetros cuadrados y es seguramente el único, o de los únicos - matizó - lugares en Europa, sin carreteras asfaltadas.
- Que bonito lugar para perderse...
- ¿De qué quieres escapar Elena? - me preguntó.
- ¿Yo? ¡De nada!
- ¿Estás segura? - insistió.
- ¿Por qué me lo preguntas?
- Has visto La Graciosa, su intimidad, el aislamiento del mar que le rodea, la incomunicación forzada y has pensado en perderte, en desaparecer...
- Es una manera de hablar Edward - justifiqué.
- No Elena. Desde que te conozco tengo la sensación de que quieres constantemente escapar de algo. La sobriedad de tu apartamento, los viajes no siempre justificados, la maleta preparada en la puerta, el amor

imposible... Creo que tienes miedo de parar y descubrirte.

- ¿Por qué has dicho <<amor imposible>>?
- No te quedes con una frase, no te agarres a ella para escapar, una vez más, de lo que es importante - Vió que desviaba mi mirada hacia el horizonte, notó que aquella no era la conversación que yo esperaba de un día como aquel y decidió respetar mi silencio - ¿Tienes hambre?
- ¡Estoy muerta de hambre! - Respondí.

Entre las estrechas y menudas casas de Caleta de Famara, encontramos un pequeño local con tres mesas de plástico frente al mar. Allí comimos lo que Pedro, el propietario, nos sirvió sin derecho a elección.

- Os saco un mixto de pescado fresco que me han traído esta mañana.

Y así, bajo un sol templado y una agradable brisa que movía el vuelo de mi falda, comimos todo lo servido, lo acompañamos con cerveza y limón y nos regalamos las caricias y los besos que en otras ciudades tuvimos que esconder.

Me gustó mucho el Edward que conocí aquel día. Hasta entonces todos nuestros encuentros y la mayor parte de nuestras conversaciones habían sido fruto de un deseo que nos pilló casi por sorpresa. Ninguno de los dos estábamos preparados para lo que pasó después de nuestro primer encuentro en el edificio de Holborn. Yo entendí posteriormente que mi deseo nació de la necesidad de una nueva ilusión pero nunca supe de donde nació el suyo. Durante los cuatro meses que Edward y yo vivimos nuestra particular relación de encuentros imaginarios y palabras que tocaban la piel como verdaderas caricias, había dedicado muy poco tiempo a intentar conocer a la persona detrás de cada mensaje. Me acomodé en mi sentimiento, en la emoción de nuestras citas y descuidé la parte más emocional de nuestros encuentros.

El día que pasamos en Lanzarote, mientras el tiempo nos daba una tregua y nos permitía disfrutar de la compañía sin la necesidad de arder en deseo a cada esquina, conocí un Edward sensible, comprometido con distintas causas sociales, muy familiar y con un gran conocimiento de la historia universal. Un hombre capaz de debatir la actualidad política de su país, defensor acérrimo de sus ideas, comprensible y respetuoso con las ajenas. Una persona que disfrutaba de los paisajes como pequeños regalos escondidos, un joven que me hablaba de sus sueños con una pasión casi infantil.

Aquel no era nuestro momento, Edward y yo éramos parte de una aventura maravillosa que estaba por culminar, sabíamos cual era nuestro lugar en aquella partida, aunque en algún momento hubiésemos jugado la con la idea de cambiar las piezas sobre el tablero y saltarnos las normas. Poder conocer la parte más íntima de Edward me hizo pensar que si alguna vez la vida, nos daba una nueva oportunidad, Lanzarote sería siempre nuestro lugar.

Aquella misma noche, mientras cenábamos en Playa Quemada, como una pareja más, vestidos de domingo y sin poder separar nuestras manos, Edward sacó una pequeña caja del bolsillo del pantalón.

-    Lo compré el otro día pensando en tí - me dijo.

Abrí el papel plateado que lo envolvía y vi una pulsera hecha con piedra volcánica y cinco cristales verdes en el centro.

- Elena, no sé qué pasará en el futuro pero puedo asegurarte que yo siempre me acordaré del día hoy, de tí y de todo cuánto me has regalado. Tu has sido mi brisa de mar, mi volcán, mi fuego y mi calma. - Me miraba fijamente. Había perdido la expresión traviesa de sus ojos, la humedad de sus labios y sentí que ante mí tenía por primera vez al auténtico Edward, el que no se escondía detrás del éxito de su trabajo y su hábil juego de seducción - No puedo pedirte que pienses siempre en mí, solo te pido, que no me olvides.

¿Y cómo hacerlo? - pensé.

Cuándo a las seis de la mañana del día siguiente, me despedí de él en el aeropuerto, supe que no necesitaba prometerle nada, que nunca lo olvidaría. Presentí que aquella cena para dos, el sueño de la última noche y la desnudez de sus palabras, habían sido el adiós de una historia que nunca tuvo un comienzo y puede que tampoco un final. Lloré en el amanecer del aparcamiento, abrazada al volante, besando la pulsera en mi mano derecha como si pudiese retener a Edward entre sus piedras, sentirle aún en mi piel. Deseé que regresase, que La Graciosa fuese nuestro escondite, nuestro inicio, testigo de aquella erupción que cambiaba el paisaje de mi vida y de mi cuerpo como lo conocía. Caminé por Puerto del Carmen con la humedad de mis ojos empañados. Regresé a Playa Quemada para ver con la luz de la mañana el paisaje que alumbró la promesa del recuerdo. Lloré intentando vaciar el fuego de mi pecho, con el deseo de dejar en la isla lo que solo a ella pertenecía. LLoré todas mis pasiones, su perfume en mi ropa, el sabor a mar de nuestras bocas. Lloré, lloré y lloré. Me subí al avión con destino a Barcelona y volví a llorar. Qué difícil es despedirse de un instante de felicidad.

- ¿Está bien señorita? - me preguntó la azafata.

Me hubiese gustado abrazarla, aprovechar las tres horas de vuelo para desahogarme, que aquella desconocida con la coleta engominada fuese mi confidente.

- Si gracias, es solo que tengo miedo a volar - las excusas seguían acompañándome aún en el olvido.
- No se preocupe por las turbulencias, es que hoy hay mucho viento.

A mí me lo iba a decir, que llevaba meses sorteando las turbulencias a viento parado. Agradecí sus palabras de consuelo e intenté contener el llanto para demostrarle que sí, que su visita al asiento 19C había dado resultado, que ya estaba mejor y que confiaba en que las turbulencias fuesen sólo por el fuerte viento, pero la tregua duró pocos minutos.

- Le he traído un caramelo de chocolate, quizás esto le anime - me dijo de nuevo la azafata.

Fue allí cuando comprendí que ella tampoco había creído mis excusas.

Edward y yo, volvimos a vernos cuatro meses después.

El viaje a Lanzarote fue la tormenta que precedió a la calma. Pasamos juntos veinte horas que fueron un sueño, fruto de la magia de una isla que siempre creí hechizada. Edward vivía en los límites de su frontera, en las líneas de su playa y cuando regresé a Barcelona, me traje el recuerdo y el silencio. No volví a escribirle. Él tampoco lo hizo.

Los dos sabíamos que aquel día había sido un pequeño regalo de despedida, un final con sabor salado. Edward me había devuelto la ilusión, me tocaba a mí hacer el trabajo duro, el de retomar las riendas de mi vida, la que durante cuatro meses quedó suspendida por sus mensajes, por la excitación de los encuentros a escondidas.

A mi regreso, pensé mucho y durante largo tiempo sobre la conversación que Edward y yo mantuvimos frente a mi vía de escape, La Graciosa, y decidí asentarme en Barcelona, arreglar mi casa, comprar flores frescas y meter mi ropa en el armario. Con la maleta cerca, pero vacía. Pasé el expediente del proyecto Holborn a uno de mis compañeros. Lo hice porque necesitaba poner distancia con todo lo vivido durante los últimos meses, necesitaba respirar mi propio aire. Dejé las excusas y simplemente me centré en una nueva propuesta de remodelación, esta vez cerca de casa, en Sitges.

Cuándo llegó el Otoño y yo estaba apunto de celebrar mi tercer aniversario en la Beauty Building Company, un número desconocido apareció en la pantalla de mi móvil. El prefijo del país en forma de cuarenta y cuatro, me robó un latido del corazón. Había cancelado el número de teléfono de Edward de mi agenda. No pretendí que él saliese de mi vida con aquel gesto, pero hacerlo, fue una parte necesaria dentro de mi plan de reconstrucción.

- Hola Elena. ¿Cómo estás? Ha pasado tanto tiempo que no sé si mi propuesta está fuera de lugar, pero es la primera vez que regreso a Barcelona desde nuestro encuentro, hace ya casi un año y me cuesta entender esta ciudad sin tí. Me gustaría verte. ¿Comemos juntos?. Edward x.

Aquel mensaje dijo tanto de él que no necesitaba encontrarlo para saber que la pasión del invierno pertenecía al pasado. Su propuesta, la posible cita, era solo el Bis de un concierto que terminó en agua salada, el sabor dulce que aún no habíamos encontrado. Un cierre con gusto y serenidad.

- A la una y media en el bar frente a la oficina. Sabes el camino ;) Elena x.

Edward, me esperaba en la puerta, puntual, como siempre. Lo ví por la cristalera de mi edificio mientras bajaba las escaleras desde el segundo piso y cuando abrí la puerta no tuve ni siquiera el tiempo de mirar los coches que cruzaban la calle en sentido único. Caminé entre los pitidos y las quejas de los conductores y abracé a Edward. Su olor, el mismo que esa mañana de martes, el día de mi cuarenta cumpleaños, acompañaba nuestro abrazo, invadió toda la calle. Entró por mis pulmones y se apropió de cada poro de mi piel. Sentí que una parte de mí estaba de nuevo en casa, en aquel apartamento de Lanzarote donde la vida nos dió una tregua de veinte horas para llenar el álbum de nuestro mejores recuerdos.

Fue tan bonito volver a verlo sin la presión de los besos robados y las caricias escondidas, que deseé quedarme a vivir para siempre en aquel momento, entre las risas, el choque de nuestras copas de vino y el cariño inmenso de dos personas que empezaban a conocerse desde una perspectiva distinta. Dos personas que guardaban la magia de tres encuentros en una cajita preciosa y decidían olvidar cualquier sufrimiento para proteger el tesoro que compartían. Fue tan bonito volverlo a ver, que no deseé nada más.

Cuando cumplí los treinta años, empecé a tomar consciencia de todo lo vivido, lo aprendido. A sentirme orgullosa del camino recorrido y asumí los errores del pasado sin juzgarme por ellos. Entendí que todos mis defectos me hacían bella, porque había aprendido a vivir con ellos, a controlarlos a veces, a superarlos casi siempre. Dejé de sentirme frustrada por repetir, a veces, los mismos errores y comprendí que cada equivocación, por igual que pudiese parecer, era siempre distinta y el aprendizaje, mejor. Conseguí entender que la lucha por alcanzar mis propios objetivos, no era incompatible con mi dignidad y que no tenía que demostrar nada a nadie, ni siquiera a mí misma.

Podía cambiar de opinión sin tener que justificarme por ello, ser quién nunca pensé ser y no sentirme fracasada, sino evolucionada. Reconocer las estupideces hechas y dichas tiempo atrás y entender que considerarlas como tal, era la confirmación de ir por el camino correcto. Que ser distinta, no significa ser peor. Que elegir un libro en vez de una copa de whisky para pasar una noche de sábado, no es aburrido y que nadie tiene que insistir para hacerme creer lo contrario. Que el silencio es una elección de vida y la soledad, siempre que sea elegida, una maravillosa compañía.

Los treinta años fueron mi punto de inflexión. Cuando dejé de preocuparme por la opinión ajena, por las reglas, los protocolos y ese "quedar bien" que tantas personas te obligan a cumplir y que nunca entendí por qué ni con quién. Fue a los treinta años cuando empecé a hacer solo aquello que a mí realmente apetecía y no me disculpé por hacerlo. A los treinta, antepuse mi felicidad a la del mundo y supe que no era egoísta por ello.

Aprendí a sentirme en paz, a vivir en paz. A no colgarme etiquetas ni colgárselas a los demás. Entendí el *Carpe Diem* y le saqué jugo.

Que bonitos los treinta...

... que bonitos los cuarenta.

Si el pasado se presentaba descalzo frente a mí cada día de mi vida, había una razón, un nombre y una fecha que lo justificaba.

Se llamaba Gibel y salió de una esquina. Sin esperarlo, sin verlo llegar, igual que lo hizo nueve años atrás.

- ¡Que bonita casualidad verte el día de tu cumpleaños Elena! - me dijo con su acento Francés.

Estaba tal y como lo recordaba. Se diría que el tiempo no había cambiado la imagen que se repetía cada mañana, somnolienta entre las sábanas azules y las conchas de mar, de una habitación infantil con olor a lavanda.

- Hola Gibel - lo saludé - ¡madre mía, cuanto tiempo sin verte! - podía decir exactamente los días que habían pasado desde la primera y última vez que nos vimos, pero no lo hice. - ¿Aún te acuerdas del día de mi cumpleaños?
- ¡Claro! hace nueve años lo celebraste conmigo Elena - tocada y hundida.

Gibel

El barrio de Gracia se sumía en el luto de las persianas bajadas. La tristeza de sus puertas cerradas paliaban la mañana de sueños tardíos, sábanas entrelazadas, despertadores en huelga, amaneceres con retraso. Era un domingo de primavera, tan preciso como los dieciocho grados que recorrían las calles aún desiertas, preparándose para recibir a la gente que saldría al mediodía, con la marca de la almohada aún en las mejillas, a inundar las terrazas, repasar la semana y broncearse con los rayos de sol de un mes sin "r".

Mi vida por aquel entonces era tan tranquila como mi paseo matutino, protegido por una ciudad adormilada, preparada para explotar en pocas en horas, reposando un pasado agitado de horas nocturnas. Así me sentía yo, cumpliendo mis treinta y un años, ligera de equipaje.

Me senté en una de las terrazas que decoran las esquinas de la Plaza de la Vila. Los árboles habían recuperado su vida, el color verde de sus hojas, las ganas de decorar un paisaje y adornar las historias de quienes como yo, pasaban las horas bajo su sombra. Se respiraba la primavera, con sus alergias, sus hormonas revueltas y la indecisión de unos armarios que no saben si vestir de corto o de largo. Se sentían los primeros olores a crema de protección solar, primer inicio de verano con bolsos aún precavidos, llenos de pañuelos y chaquetas de punto. Era un mes de transición, una época del año en la que yo podía sentir mis pies amarrados a la tierra, mi piel acomodada en mi propia piel. Era bonito ser yo aquella mañana del mes de mayo, en aquel lugar y a aquella hora.

El café se enfriaba en una pequeña taza colorada, con la cucharilla manchada de leche descansando junto a dos sobres de azúcar. Dulce, muy dulce. Dos rodajas de pan integral adornaban la parte restante de una mesa plateada, casi fría. Miré a mi alrededor y no reconocí las pocas caras que compartían la mañana conmigo. Pau, el camarero, la única cara conocida, se acercó y dejó un cenicero junto al servilletero.

- No fumo, gracias.

Desde que dejé de fumar me volví bastante insoportable con los humos y todo lo que oliese a tabaco, aunque fuese un cenicero mal lavado, me molestaba. De hecho, era eso lo primero que hacía al sentarme en una terraza, apartar las colillas y los restos de ceniza de mi mesa. Agradecí hasta la saciedad la ley antitabaco y el derecho a no lavarme el pelo antes de dormir después de una noche de fiesta. La edad me hizo intolerante, al menos en algunas cosas.

Unté la mermelada de fresa en la tostada inundada de mantequilla. Uno de esos placeres a los que nunca he renunciado, el sabor de los campamentos de verano. Llevaba un rato advirtiendo como alguien, a mi espalda, me observaba fijamente. No sabía quién, pero me sentía observada, incómoda, controlada ¡Qué narices quería de mí! Sabía que era un hombre y recordé que ya estaba sentado, en uno de los bancos de madera que delinean los bordes de la plaza cuando yo me senté en la terraza, pero no me había fijado en su aspecto. Recordaba su figura, una sombra vestida de oscuro, pero no su edad o su apariencia. No quise girarme y provocar un contacto visual con él pero me estaba irritando sentir sus dos ojos en mi nuca y me apresuré a terminar el desayuno para marcharme a otro lugar, libre de curiosos, cuanto antes.

Pagué la cuenta y me levanté visiblemente contrariada. Pasé de largo delante del mirón caminando a paso rápido, no es que tuviese prisa, era solo mi forma de caminar. Mi ritmo era ese, no sabía andar despacio. Era un malísima costumbre que estaba estaba intentado corregir, pero que aún no había llegado a dominar. Me di cuenta de ello un par de años atrás, cuando un día de primavera, muy parecido a la mañana de mi treinta y un cumpleaños, de sol y aire fresco, me apunté a una visita guiada por la ciudad que organizaba el ayuntamiento de Barcelona solo para los y las residentes. No es que necesitase que alguien me enseñase la ciudad en la que llevaba toda la vida viviendo, pero pensé que podría aprender a mirarla desde otra perspectiva. Así fue.

La guía, una señora de mediana edad, de voz limpia y clara, con buena porte y una elegancia envidiable, nos esperaba a las diez de la mañana bajo el Arc de Triomf.

- Hola a todos y a todas. Me llamo Elena - se presentó y no pude más que sonreír. Sé que no soy la única Elena en el mundo, faltaría más, pero siento una simpatía especial por las mujeres con las que comparto nombre. - y quiero pediros un favor; levantad la vista. No os conforméis con mirar a vuestra altura, ampliad el objetivo y ved más allá.

Durante las tres horas que duró la visita, descubrí una nueva ciudad. Estaba totalmente equivocada, conocía solo la Barcelona de mi metro setenta. Las tiendas en las que acostumbraba comprar, los restaurantes a los que solía ir a comer o cenar, las cafeterías, las puertas de los edificios históricos, las calles que unían mi lugar inicial de mi próximo destino, pero nunca había mirado más allá. Me había acostumbrado a desplazarme en vez de pasear, a mirar el reloj en vez de observar, a contar los minutos y olvidarme de la historia de la ciudad. Aquella mañana, entre otras cosas, descubrí que cerca del Portal de l'Angel, prácticamente cubierto por una nueva construcción, aún se observaban los restos de un acueducto romano que sirvió para traer agua a la ciudad desde el río Besós o que las paredes de la Iglesia de Sant Felip Neri, son el triste testimonio de la muerte de cuarenta y dos personas, mayormente niños, que se refugiaron en el subterráneo de la iglesia y que murieron cuando una bomba lanzada por la aviación del bando sublevado durante la guerra civil española, explotó donde ahora está la plaza y aún se observan los reductos de la metralla.

Barcelona aquella mañana, me mostró su cara más humana y me prometí, no siempre con el mismo éxito, observarla y apreciarla como ella se merecía.

- ¡Señorita! - sentí una voz que me llamaba - ¡señorita!

La plaza de la Villa, estaba aún desierta. La ciudad se resistía a despertar la mañana en la que yo cumplía treinta y un años y deseé que la voz que se oía en medio del silencio matutino no fuese la del hombre que me había estado observando durante el desayuno, apacible y tranquilo, que terminó por no ser tal.

- ¡Su bolso señorita!

Con las prisas, había olvidado recoger el bolso que al sentarme en la terraza de la cafetería, colgué en el respaldo de la silla. Era otra malísima costumbre que no conseguía quitar, ni siquiera cuando cuatro años atrás me robaron mientras cenaba con unas amigas del barrio en un restaurante del Born.

Estábamos sentadas en una de las mesas que el restaurante tenía en el comedor interno. Aún hacía frío para cenar fuera. Era una noche de jueves tranquila. No nos hizo falta reserva para poder conseguir una mesa disponible. Cenamos con calma, poniéndonos al día de las últimas novedades. La vida había cambiado mucho desde la época en la que las mismas cuatro chicas que aquella noche brindaban con sus copas de vino - por los viejos tiempos - jugaban al balón en una de las plazas del barrio. Era bonito volver a juntarnos un par de veces al año, seguir siendo el cable a tierra que nos recordaba quienes fuimos y el lugar del que veníamos.

Eran casi las doce de la noche cuando nos levantamos con intención de pagar la cuenta y seguir la reunión de amigas en uno de las bares de moda de la ciudad, pero al girarme, vi que mi bolso ya no estaba. Lo había colgado del respaldo de la silla, apoyando mi espalda sobre las asas de piel que cruzaban de un lado a otro, la parte más alta de un silla de madera. No noté ningún tirón, de hecho, la asas seguían cruzando el respaldo de la silla. Era el bolso el que faltaba. Alguien debió de agacharse, cortar la correa y llevarse mi bolso sin que las dos amigas que se sentaban frente a mí notasen nada extraño.

Cuando salimos del restaurante y fuimos a poner la denuncia en la comisaría más cercana, la policía nos dijo que los robos de este tipo eran habituales, - una moda- lo describió. Mis amigas pagaron la cena, mi madre abrió la puerta de mi apartamento con la copia de las llaves que guardaba en su casa y las asas de mi bolso terminaron la noche en la papelera frente a la comisaría. Aún así, no aprendí la lección y seguí apoyando mi bolso en los respaldos de la sillas, aunque fuese de noche o estuviese sentada en una plaza, la plaza de la Vila. No volvieron a robarme, no sé si fue una cuestión de suerte o simplemente se pasó aquella moda.

- ¡Su bolso señorita!

Era él quien me llamaba. Desde el banco de madera frente al Campanar de Gràcia. Rondaría los cuarenta años, algo más joven quizás. Era alto y de constitución delgada. Unos estrechos pantalones negros marcaba sus piernas delgadas. Llevaba una camisa oscura, con las mangas largas arremangadas a la altura de los codos, un collar de hilo al cuello y una cámara de fotos colgando de su brazo izquierdo. A primera vista, me pareció curioso, ni guapo, ni feo. No era especialmente atractivo pero tampoco era un hombre que pasase desapercibido. Era curioso, al igual que yo de pequeña era graciosa.

El desconocido sentado en el banco de la plaza de la Vila, lo miraba todo con curiosidad, como si cada cosa que pasase a su alrededor tuviese la capacidad de sorprenderlo, enamorarlo. Los niños en el carro de paseo, el señor vestido de ciclista que bebía agua en la fuente, la joven que desayunaba sola en la terraza, el bolso que quedó a abandonado en el respaldo de una silla. El mío.

- Gracias - le dije al pasar frente a él.
- Tienes una espalda preciosa - respondió.

Aquella mañana, cuando me vestí con la intención de pasear y desayunar en la plaza de la Vila, elegí unos pantalones vaqueros amplios que terminaban justo a la altura de los tobillos, dejando ver el final de las piernas, como una línea horizontal que divide el pantalón de las zapatillas. Antes de salir de casa, abrí la ventana de mi habitación para saber si hacía o no calor. Iba aún descalza. Mi madre, solía decir que parecía una india y me llamaba "pies negros". El calzado para mí era casi opcional y a la primera ocasión, me desprendía de él para tocar el suelo con la planta de mis pies.

Al abrir la ventana, sentí que el sol brillaba con fuerza pero la primavera era joven aún y las mañanas seguían siendo frescas. Era la época de ese entretiempo indefinido en el que no hace ni mucho calor ni mucho frío. Decidí ponerme un body de manga larga, como los que usan las bailarinas de ballet. Era de algodón y me cubría el pecho y los brazos dejando mi espalda a la vista. Anudé un pañuelo de colores en el bolso para cubrirme con él en el caso de que refrescase a lo largo del día y salí con el pelo aún mojado de la ducha, la cara lavada y los labios rojos.

Llevaba un año pintándome los labios. Los treinta llegaron con dos grandes cambios estéticos. Al día siguiente de mi cumpleaños, fui a visitar a Patty, la peluquera que llevaba encargándose de mi pelo desde los tres años y le dije que me cortase la malena.

-    Elena... ¡pero si tienes una melena preciosa!

Patty, que pasaba de los setenta y se resistía a jubilarse, adoraba mi pelo. Tenía razón, siempre había lucido una melena abundante, fuerte y con brillo. No necesitaba cuidármela demasiado y nunca me la había teñido, pues con el sol me salían unas mechas rubias naturales que aclaraban mi color natural, castaño, y daban la bienvenida al verano. Desde que tengo conciencia, siempre he llevado la misma largura, dedo arriba, dedo abajo. El único cambio habían sido los rizos que me salieron en forma de ondas de mar cuando cumplí los trece años.

- Quiero un cambio Patty - Ella no estaba de acuerdo y se negaba a coger las tijeras - Total, si no me gusta basta con dejarlo crecer, tiene fácil solución. - insistí.

Patricia Pérez Martín, a la que todas conocíamos como "La Patty", era para mí una más de la familia que formaban los habitantes del barrio. Tenía la edad de mi abuela Helen y la energía de una niña de diez años. Llevaba toda la vida trabajando y aún seguía con la misma ilusión que cuando llegó a Barcelona a los quince años, con una maleta medio rota y la esperanza de la gran ciudad. Atrás dejó el recuerdo de un pequeño pueblo en la provincia de Huesca, la nieve, el frío seco y el olor a pan casero que salía del horno a leña propiedad de su padre.

Patty, se encargaba de su negocio seis días a la semana. Su peluquería era su hogar y el lugar en el que más cariño recibía, porque Patty era una de esas mujeres a las que la vida le devolvía toda la bondad y la alegría que ella siempre repartió entre las personas que tuvimos el placer de compartir nuestro día a día con ella. Sus clientas éramos su familia. Nos había visto crecer, envejecer, prosperar o fracasar. Llorar las pérdidas y las ausencias, celebrar con ella los momentos de felicidad. Escribió su historia junto a la nuestra, mañana tras mañana, de lunes a sábado, en los días de lluvia y en los días de sol.

Para nosotras ella era como un símbolo atemporal. Pasaban los años y "La Patty" seguía allí, con su peluquería, esperando que fuéramos a visitarla, que alguna de nosotras le llevase flores del mercado, dulces de pascua y souvenirs de países que nunca pensó visitar. Cuando regresábamos de nuestras vacaciones, escuchaba con atención cada detalle de los días que pasamos fuera de la frontera de su peluquería, en un lugar en el que el paisaje seguramente sería más hermoso pero dónde nunca recibiríamos tanto amor.

-   ¡Te lo corto pero el color no te lo cambio! - me dijo aceptando mi petición sin dar del todo su brazo a torcer.

El nuevo look me favorecía bastante. Es verdad que me echó algunos años encima, la melena larga me rejuvenecía, pero me daba un aire más sofisticado. Además era mucho más fresca y cómoda de cara al verano.

El segundo de mis cambios fue el pintalabios y vino de la mano del primero. En los pocos metros que separaban la peluquería de Patty de mi apartamento, fuí inevitablemente buscando el reflejo de mi nueva imagen en cualquier puerta, escaparate o espejo, en un intento por reconocer la apariencia de mi nueva yo. Al llegar a casa, me senté frente al tocador que compré en un mercado de antigüedades que se organizó en Cadaqués y que se había convertido en uno de mis tesoros desde el día en que la empresa de transportes me lo subió a casa y lo coloqué a la derecha de mi cama, junto a la ventana de la habitación. Era azul, como la orilla del mar en la Costa Brava y sobre las ondas de sus patas tenía grabadas a mano pequeñas estrellas de mar.

Me miré al espejo durante varios minutos intentando reconocerme en el nuevo reflejo. Sentí que me faltaba algo, un complemento a mi nueva imagen. Nunca fuí una persona que se maquillase demasiado, pero desde que empecé a ir a la universidad y especialmente desde que entré a trabajar en la Beauty Building Company, fueron pocas las ocasiones en las que salí de casa "a cara lavada". Creo que era una cuestión de costumbre, más que de estética, aunque es difícil saberlo. Nunca he sabido dónde estaba la línea entre aquello que hago por voluntad propia y lo que hago estimulada por toda la información que recibido a través de la publicidad, los estereotipos y las presiones sociales.

Podría decir que me maquillaba por costumbre, pero mentiría si dijese que alguna vez pensé en asistir a una reunión laboral sin un gota de maquillaje. Hubiese sido inadmisible. Primero (y lamentablemente) para mí y después para todas las personas que me acompañaban, pues mi imagen limpia de pinturas, les demostraría desinterés, poca cura, carencia de profesionalidad. Entonces, ¿por qué me maquillaba? ¿para quién me maquillaba?

Aquella mañana, frente a la nueva imagen que me regalaba el espejo de mi habitación, agarré uno de los pintalabios que guardaba en el cajón central de la cómoda y me pinté de rojo para ver como quedaba. Descubrí que era eso lo que faltaba y desde ese día sustituí el maquillaje por el color único de mis labios, en un estilo natural pero refinado. Con la edad aprendí a sentirme hermosa con la comodidad, a ser menos esclava de las apariencias, a gustarme de todas las maneras.

- Lo siento si te he molestado - me dijo el hombre del banco al ver que había ignorado su comentario y me alejaba de la plaza de la Vila- pero tienes una espalda preciosa y no he podido resistirme a fotografiarla.

Me paré en seco, si quería llamar mi atención acaba de dar en el clavo.

Lo miré y antes de que tuviese tiempo de decirle algo, se adelantó. Se acercó a mí y tendiéndome su mano me dijo:

- Perdón, no me he prestado. Me llamo Gibel, soy fotógrafo y francés.

Su respuesta me hizo tanta gracias que aflojé el ceño fruncido y lo cambié por una carcajada. El modo en el que se presentó utilizando su nacionalidad como complemento a su persona me pareció brillante. Seguramente no tenía gracia y juraría que él no lo dijo con la intención de hacerme reir, pero yo de pronto, inexplicablemente, estaba de buen humor. A pesar de haberme olvidado el bolso en el respaldo de la silla y de que un desconocido fotografiase mi espalda.

- Yo soy Elena - me presenté - y hoy es mi cumpleaños.

Terminé mi frase con una información tan innecesaria como la suya pero quise hacerle un guiño.

- Entonces lo tenemos que celebrar - propuso con un notable acento Francés.
- ¿Tú y yo? - Primero me mira, luego me fotografía y ahora me invita a celebrar mi cumpleaños pensé.
- Sí, tú y yo. ¿o tienes un plan mejor?

En realidad no, no tenía ningún plan mejor, o si... aún no lo sabía. Tendría que ir a comer con mi madre a la una y media, como todos los años. Siempre lo celebrábamos juntas, con quién mejor que con ella podría festejar mi nacimiento. Fuimos ella y yo las protagonistas de un momento mágico, tan mío como suyo y nos prometimos que pasase lo que pasase, siempre estaríamos juntas en ese día.

Gibel me sorprendió con su seguridad, no me conocía y ya tenía el valor de asegurarme que ningún plan sería mejor que pasar el día a su lado y aunque no estaba segura de su propuesta la acepté. Pasar el día de mi treinta y un cumpleaños con un desconocido era algo que nunca había hecho, podía ser un regalo o una lección de vida. Puede que ambas cosas.

- ¡Vamos! - le dije mientras empezaba a caminar cuesta abajo.
- ¿A dónde? - preguntó él acelerando su paso para alcanzarme.
- No importa. Caminemos... Un paseo es la mejor manera de conocer a una persona.

Es cierto, caminar al lado de alguien, sin rumbo, sin destino, es conocerla mejor. El tiempo, gratuito, te regala largos diálogos ininterrumpidos. El paisaje, cambiante, te ofrece curiosidades inadvertidas, sorpresas que recoger y añadir a la cesta de la conversación, como fruta fresca, información renovada. La distancia entre los cuerpos, respira, te protege de la mirada fija, de los ojos que te observan y te cohíben. Caminando, los cuerpos no se enfrentan, se acompañan y los sueños, como las tristezas y los deseos, brotan libres. Así Gibel, me contó que había nacido en Quimper, capital del departamento de Finisterre en la Bretaña Francesa.

- Quimper es una foto en blanco y negro con los colores desenfocados. - Así la describió él - Una ciudad de techos grises y puntiagudos. Verde, lluviosa, de edificios estrechos, amplia, fría y divertida.

Vivió allí hasta los dieciocho años, edad en la que se mudó a Lyon para estudiar Bellas Artes.

- Lyon fue el puente que me abrió las puertas al mundo. Llegué en tren pero salí volando. ¿Has fumado alguna vez y luego lo has dejado? - me preguntó.
- Sí, hace cinco años que no fumo.

- ¿Y sabes esa sensación cuando de repente la comida empieza a saber mejor? Los tomates saben a tomates, los pimientos a pimientos, la coca cola es realmente dulce y el té amargo. ¿Sabes a lo que me refiero? - insistió.
- Si, lo sé - Era verdad. El primer mes sin tabaco engordé cinco kilos y no era por la adicción o el ansia de la nicotina, era porque todo me sabía buenísimo. Incluso las cosas que siempre había rechazado eran para mí, un manjar. Y los olores... ¡que bien olía todo!
- Pués para mí, salir de Quimper fue como dejar de fumar. Empecé a ver las tonalidades de los colores, a comprender las expresiones, a observar la ciudad con ojos nuevos, frescos, curiosos. Lyon fue mi primera fotografía. Compré una cámara de fotos y empecé a inmortalizar la vida ajena.
- ¿Solo fotografías a las personas? - pregunté con curiosidad.

Me explicó que desde que la fotografía se había convertido en su profesión, se dividía las horas entre el placer y el deber. Los encargos, de diferentes periódicos, revistas o agencias publicitarias eran variados y él cumplía puntualmente con los pedidos, pero lo que realmente le apasionaba eran <<las expresiones del cuerpo>>.

- El modo en el que una persona bebe un café, apoya su mano sobre un libro, se alborota el cabello... No sé explicarlo, pero siento que las personas me hablan con sus gestos. Cada expresión tiene una historia, que no siempre va unida a la persona que la realiza. A veces está condicionada por el tiempo, la tristeza, por un sujeto

involuntario que camina de frente e invade su espacio...
Los gestos son efímeros pero yo los hago eternos.

- Haces magia - le dije.
- No, pero paro el tiempo.

A medida que caminábamos por el ensanche de Barcelona, Gibel me contó que al terminar sus estudios, se cargó la mochila a la espalda, la cámara de fotos al cuello y empezó a viajar. Primero Europa; Suiza, Italia, Croacia y Grecia. Desde Atenas salió en un barco hacia Turquía. Después de un mes en el país, un avión le llevó a Moscú y un tren a San Petersburgo. <<La ciudad que da vida a los poemas de Bukowsky>>. Allí se obsesionó con el cableado de las ciudades. Las que tienen el sistema eléctrico colgando de casa en casa, atravesando el techo de las miradas con hilo negro, con luces que oscilan al viento, tranvías, estelas de aviones que atraviesan el crucigrama del cielo. La unión de vidas ajenas a vista de todos.

San Petersburgo impresionaba por sus colores pero Gibel se concentró en todas las tonalidades del blanco y el negro, en los rincones grises, con olor a orín y vodka. Vendió una decena de sus fotografías en el mercado de Udelka, pegadas a un trozo de cartón, con su firma a cambio de la voluntad.

Entre los puestos de segunda mano, donde cientos de vendedores Rusos se alinean los fines de semana en las calles del barrio de Udelnaya, se puede encontrar - de todo - . Desde calzado, ropa, monedas antiguas, jarrones de porcelana... - hasta armas - . Gibel lo descubrió por casualidad y enseguida entendió que allí, en uno de los mercados más grandes del mundo, entre todas las historias que conviven mano a mano cada fin de semana, las suyas, las que el objetivo de su cámara fotográfica capturaba con el poder de parar el tiempo, tenían también su sitio. Compró, en el mismo mercado, una valla metálica en la que, con ayuda de unas pinzas de madera, colgó algunas de sus fotografías y se sentó sobre la mochila verde que lo acompañaba en cada viaje, con la esperanza de que alguien entendiese lo que sólo él podía ver.

Fueron muchos los curiosos, pocos los compradores y menos aún las personas que comprendieron la historia detrás de cada imagen. Pero hubo quien lo hizo, quien pagó la fotografía con la única moneda que a Gibel realmente importaba; la emoción.

- Recuerdo con especial cariño una de las fotografías. Estaba en la estación de tren de Vitebsky, donde toneladas de hierro crecen en forma de palmeras tropicales, esforzándose por tocarse entre sí, separadas solo por bloques horizontales de cristal que iluminan la estación en las horas de luz. Una chica, que tendría tu edad y se parecía bastante a tí - me dijo - buscaba su tren entre el garabato de acero. Me acerqué a ella, camuflado entre la gente corriente, me agaché e inventé un nuevo momento. La imagen que se reflejó en la foto no era la suya, era la de una joven soñando un destino mejor.

- ¿Conservas aún la fotografía? - pregunté - Me encantaría verla.

Desconocía las aptitudes de Gibel para la fotografía, pero si las imágenes que él capturaba con la habilidad de parar el tiempo, mostraban tan solo una parte de la pasión que metía en cada una de sus palabras, su trabajo sería una experiencia cargada de tristeza, misterio, sensibilidad y amor.

- No - respondió en una mezcla de melancolía y orgullo -, la vendí allí mismo, en el mercado de Udelka, a una pareja de mochileros. Él no estaba muy interesado pero ella sí. No lo dudó, la quiso al instante - aseguró -. La metió dentro de un libro para protegerla de las golpes que recibiría dentro de la mochila y al hacerlo, se emocionó. Como quien descubre un tesoro y se propone cuidarlo.

A Rusia le siguieron Colombia, Panamá y Costa Rica. Pasó más de diez años recorriendo el mundo en busca de inspiración hasta que regresó a Francia, concretamente a París. La ciudad no le apasionaba, al contrario de lo que el resto del mundo podía opinar, para él no era ni la más bonita, ni la más romántica y mucho menos el mejor lugar para vivir, pero era una buena base. Desde allí, desde un pequeño ático con vistas al parque Monceau, podía organizar sus trabajos, sus viajes y sus placeres. Era, estratégicamente, el lugar ideal.

- Ya hemos llegado. - Le dije.

Estábamos en el Raval, habíamos pasado más de tres horas caminando por la ciudad, disfrutando de la compañía desconocida, la que te permite conocerte mejor. Esa con la que pierdes la vergüenza de ser juzgada, incluso recordada, la que te permite ser quien quieras ser, sin miedo a defraudar. Gibel me había contado muchas cosas sobre su vida, pero yo nunca sabría si eran verdad o no. Jugamos al juego de la inocencia, decidimos creer las palabras ajenas y aceptarlas como verdades universales. Era solo un día y podríamos vivirlo a nuestra manera.

- ¿A dónde hemos llegado? - preguntó Gibel sorprendido.
- A nuestra cita.
- No sabía que tuviéramos una cita - respondió extrañado mientras miraba a su alrededor intentando reconocer el paisaje.

- Hay tantas cosas que no sabes Gibel... - sonreí -. ¡Mira! - le dije señalando hacia el fondo de la calle con un gesto de cabeza - Ahí viene nuestra cita.

No había avisado a mi madre de que un fotógrafo francés se uniría a nuestra celebración pero sabía que no le importaría. Ella vivía al día, aceptando las cosas tal y como venían, sin turbulencias, sin sobresaltos. Mi madre fue siempre el péndulo que me mantuvo en equilibrio con mi propia vida. La razón por la que regresar cuando mi casa aún no era mi hogar. Nunca con nadie me había reído tanto... y llorado. Daba igual cuantos años pasaran, cuántos números sumasen las velas de mi tarta de cumpleaños, mi madre era mi refugio, aunque fuese más baja y menuda que yo, ella era siempre la más fuerte. La que me abrazaba cuando pensaba que el mundo se caía en pedazos por cualquier estupidez y la que me ponía en mi sitio cuando mi percepción de la realidad era egoísta, superficial y exagerada. Ella me arrastraba, como un huracán, pero nunca me dejaba caer. Era mi ángel de la guarda, si tal cosa existe, la fortuna de mi vida, con toda certeza.

Helen, sometió a Gibel a un interrogatorio sin pausa y casi sin final, de no haber sido porque los camareros del restaurante en el que estábamos comiendo bajaron las persianas a las cuatro de la tarde invitándonos a salir. La curiosidad de mi madre era infinita pero reconozco que gracias a ella descubrí los datos que me faltaban para rellenar el puzzle de mi acompañante desconocido. Supe que tenía treinta y nueve años, que era el hijo mayor de una profesora de pintura y un carpintero, que era bilingüe, porque a parte del francés hablaba también el bretón, y que a pesar de que por motivos profesionales hubiese aprendido el inglés y el español, los cuales di fé que dominaba de una manera envidiable, para él, sus idiomas eran los de su tierra. Curioso cómo una persona que había recorrido el mundo y se negaba abiertamente a regresar al lugar de sus orígenes, sentía un apego tan especial hacia su pueblo, el que visitaba solo en ocasiones contadas.

- ¿Y qué haces en Barcelona? - esa era la pregunta que yo aún no le había hecho en todo el día - aparte de celebrar el cumpleaños de una desconocida con la madre de ésta - bromeó Helen.

Gibel nos contó que el motivo de su estancia en la ciudad era profesional. Le habían contratado como fotógrafo para un evento privado, del cual no dio más información que esa - privado - y estaba reconociendo los distintos escenarios antes del comienzo del evento. Se marchaba al día siguiente y no sabía cuándo regresaría.

Yo estaba disfrutando realmente de su compañía, me parecía un hombre interesante, culto, una persona que transmitía pasión y vida. Me estaba gustando compartir el día de mi cumpleaños con él, sobre todo porque no me planteaba una segunda cita, si es que a eso se le podía llamar cita. Gibel había sido un regalo de cumpleaños que caducaba a las veinticuatro horas, contadas desde el momento en el que abrí el paquete, frente al banco de madera en la plaza de la Vila. Podía haberlo dejado correr y olvidarme de él o disfrutarlo hasta que se autodestruyese en el minuto final y cuando el tiempo tiene caducidad, todo a nuestro alrededor pasa a ser especial.

- Bueno Elena, y compañía - matizó mi madre - es hora de marcharme. Ha sido un placer conocerte Gibel - le dijo mientras le besaba las dos mejillas - Feliz cumpleaños hija - me abrazó.

Eran las cuatro y diez de la tarde cuando Gibel, mi madre y yo, frente a la puerta cerrada de un restaurante del barrio de El Raval, veíamos por primera vez en varias horas el cielo azul de la ciudad.

- Por cierto, ¿qué planes tenéis para el resto de la tarde? - esa era una buena pregunta.

Gibel había aceptado dejarse llevar por mí y me miró esperando que fuese yo quien respondía a la pregunta que mi madre acababa de hacernos. Al fin y al cabo, era yo la chica del cumpleaños.

- Me apetece hacer algo que nunca he hecho - respondí mientras miraba a Gibel con un gesto de complicidad - y un turista francés es la excusa perfecta.

Gibel, como única respuesta, sonrió, como lo llevaba haciendo desde el barrio de Gracia. Con ternura, con sinceridad y con una extraña complicidad que habíamos creado en tan solo seis horas.

- Chicas - dijo mientras madre e hija nos abrazábamos para despedirnos - tengo que hacer una gestión. Dadme diez minutos y vuelvo, ¿ok?

Bromeamos sobre la posibilidad de que no regresase aunque ambas sabíamos que lo haría. Durante ese tiempo, mi madre y yo tuvimos tiempo de quedar para el martes, queríamos ir al cine y repasar la últimas novedades que llegaban desde Norfolk. Novedades que siempre giraban en torno al clima, la caza, alguna muerte ocasional y poco más. Mi madre y mi abuela se llamaban todos los sábados a las tres y media de la tarde, pero su conversación no duraba más de cinco minutos, en los cuáles Helen (hija) tenía tiempo de saludar a su padre y escuchar los ladridos de Bob, el perro, (Dog para mi abuelo) al fondo del jardín. La relación entre ellas, nada tenía que ver con la que nosotras habíamos trabajado durante años y digo trabajado porque las relaciones, bonitas y especiales, deben ser cuidadas. La ruptura es tan fácil que la reconstrucción después de una decepción o una traición, resulta casi imposible. Por eso hay que evitar los daños, aunque a veces el silencio resulte más complicado que una guerra.

Gibel apareció por la misma calle por la que minutos antes había desapareció sin dar más explicación y mi madre, esta vez sí, se despidió de nosotros.

- Ahora sí que os dejo - dijo ella repitiendo el ritual de besos y abrazos - disfrutad de la tarde.
- Adiós mamá.
- Adiós Helen.

Gibel me miró esperando indicaciones. Me había confiado su día, sin derecho a elección, pero si no necesitaba conocer cómo serían sus próximas doce horas, quería al menos descubrir cuál era la siguiente parada.

- ¿Te gustan las alturas? - le pregunté mientras enredaba mi brazo en el suyo y le invitaba a seguirme.
- Sí - respondió él con una mezcla de duda e intriga.
- Pues vamos.

Nos esperaba una larga caminata, nadie dijo que los sueños estuvieran a la vuelta de la esquina, pero no teníamos prisa, a pesar de que el tiempo fuese un contrarreloj implacable que nos esperaba en cada paso de cebra para recordarnos que aquel día terminaría quisiéramos o no. Barcelona, estaba hermosa como siempre, sonaba a guitarra española, a jazz de bajo y trompeta, a la armónica de un mendigo descalzo apoyado contra un pared rota y pintada. La ciudad bailaba su música, de faldas ligeras, tacones galopando, ropa tendida. Los cruceros habían atracado a primera hora de la mañana y los viajeros apuraban sus últimas compras antes de regresar a su habitación flotante, esperando que su próximo destino, quizás Niza, quizás Valencia, fuese al menos la mitad de interesante.

Dejamos atrás el barrio de la lujuria, donde las noches cobran un sentido más carnal y el tabaco se hunde en los cuerpos extraños, entre los billetes y el lubricante. Barcelona, siempre bella, cuando las calles se convierten en amplias avenidas y el horizonte se dibuja en un paralelo lleno de coches perdidos en direcciones opuestas. Los teatros, las salas de concierto con nombre de Dios griego, donde la música del mendigo que toca la armónica se queda a las puertas, sin poder entrar. Él no lleva zapatos y su música no tiene invitación. Victoria, Molino, teatro Condal, una nueva rambla sin pájaros, flores, ni mimos que fotografiar. Caminante no hay camino y casi sin quererlo llegamos a la estación de Miramar.

- He visto millones de veces los teleféricos cruzar el cielo de la ciudad - le dije - pero nunca he subido a uno de ellos.

Desde que empecé a cultivar mi pasión (y profesión) por los viajes, siempre he detestado visitar las atracciones, edificios o lugares turísticos de un país o ciudad. El objetivo de viajar, al menos para mí, era el de conocer, aprender y observar la novedad. La distancia de mi realidad en un espacio nuevo. Las costumbres, los horarios, incluso la moda que como tal nunca me ha apasionado, eran objeto de deseo en el descubrimiento. La novedad, era la razón de mis viajes (no profesionales) y los monumentos turísticos representan aquello que yo no busco. La reunión de extranjeros en un lugar extranjero sin mayor atractivo que la belleza de su arte, plantado por casualidad o no, en un espacio único, vendido al espectáculo fotográfico y al recuerdo de un país del que no se recuerda nada más que la sonrisa de la fotografía enmarcada sobre la mesa del salón.

A mí me interesaban los rincones opuestos, allí donde el turista no se dejaba caer ni por equivocación, dónde los manteles estaban más sucios y la comida más buena. Donde los camareros no me entendían pero se ganaban la propina de un estómago satisfecho. Por eso nunca había subido en el teleférico del puerto, ni en el London Eye, ni el Corcovado. Las alturas de mis viajes eran otras, allí donde el suelo no tenía indicaciones turísticas.

- Yo en cambio adoro visitar los lugares más turísticos de cada ciudad - me dijo Gibel mientras esperábamos el turno para montarnos en el teleférico que nos llevaría al puerto - Son un lugar único, sagrado. No existe otra parte en la que personas de distintas culturas, condiciones sociales, económicas e intelectuales, se junten para compartir espacio, tiempo y momento. Los bares, los restaurante, incluso los colegios y los hospitales, son clasistas. Las sociedades dividen razas y colores, las religiones pelean sus cultos, incluso su Dios y su verdad. Los pueblos - continuó - se disputan su belleza, los ayuntamientos sus fiestas, los equipos de fútbol las ligas... pero aquí, en esta fila - dijo mirando hacía atrás - y en las tantas repartidas a lo largo de la tierra, se juntan personas que nunca compartirían mantel. Disfrutan de las mismas vistas, pagan un idéntico precio y esperan, con más o menos paciencia, una hilera que les llevará al mismo lugar. Todos tendrán la misma fotografía y nadie mirará, ni juzgará, al resto, porque solo tienen ojos para aquello que están mirando. Es magnífico - concluyó entusiasmado, con esa forma de hablar que él tenía, agitando las manos al viento y desviando la mirada hacia el horizonte.

Esa era otra manera de ver un mismo lugar. Su visión tan diferente a la mía, me hizo cambiar, quizás, un poco, de opinión. Hay veces en las que el simple desprecio a ser como los demás, nos ciega. Queremos ser especiales, mejores a ser posible. Intentamos diferenciarnos del resto de las personas creyendo que el individualismos nos aporte un valor extraordinario, no por lo que somos, sino por aquello a lo que no pertenecemos. Está bien ser diferente, intentar serlo constantemente es agotador.

Llevaba años viajando, descubriendo países a mi manera, alejándome de las multitudes, creyendo llevarme la mejor parte de las ciudades al alejarme de la masa y me había perdido el valor de los lugares simbólicos, el que un fotógrafo francés me mostró mientras me acompañaba en mi primera experiencia turística, ayudándome a descubrir, un poco más, mi ciudad.

El atardecer era perfecto, no hubiese podido mejorarlo. Una luz dorada, como un amplio y largo rayo de sol moribundo, bañaba los tejados de Barcelona cuando el cielo se oscurecía y las luces de las calles empezaban a encenderse como se mueven las teclas de un piano de cola con la tapa abierta. El puerto, como es lógico, olía a mar y la sal se pegaba a la piel desnuda que respiraba la humedad. Gibel y yo, caminamos entre luces blancas y amarillas, reflejadas en el agua y en el cristal de una Barcelona moderna que se enfrentaba a los años, a la historia y a una nueva noche de primavera. Igual pero distinta a todas las demás.

Las emociones y la conversación nos abrieron el apetito con la suerte de ser dos buenos paladares en el lugar exacto. El Born.

- ¿Italiano, francés, mejicano, turco, vasco, chino, japonés, mediterráneo..? - le pregunté nombrando la oferta

cosmopolita de las calles bajas de la ciudad.- ¿Dónde te
apetece cenar?

- ¡Ahí! - Respondió señalándome la cristalera de una tasca
de madera, con serrín bajo la barra.
- ¿Seguro? - Pregunté.

Era difícil elegir un restaurante, al encanto histórico y
arquitectónico que siempre tuvo El Born, se le había sumado en
los últimos años un amplia oferta gastronómica y de vida
nocturna. Los restaurantes y las boutiques que decoraban el
laberinto de calles adoquinadas, eran como pequeños museos.
El arte se respiraba en cada plato, en las formas de los vestidos
que colgaban en los escaparates, los colores de las artesanías
locales, los sabores de los cócteles trasnochadores sobre la barra
de un antiguo bar.

Estábamos en uno de los barrios más modernos y
sofisticados de la ciudad y Gibel me había señalado la puerta de
una antigua tasca. El local, al menos en apariencia, menos
llamativo de El Born.

- Al menos este deseo concédemelo - me respondió. Se
había dejado llevar por mí desde que me hiciese la
irrechazable propuesta de compartir el día de mi treinta
y un cumpleaños con él y no pude negarme ante su
único deseo expreso de aquel domingo del mes de
mayo.

Cenamos más grasas y fritos de las que nuestro cuerpo
podía tolerar, pero las rabas a la romana, el chorizo a la sidra, las
croquetas de jamón, las patatas bravas, las gambas al ajillo y los
pimientos del padrón - unos pican y otro no - eran un manjar
tan clásico que apenas entré no dudé en rendirme a él y

mientras los platos vacíos se apilaban en el centro de la mesa, Gibel y yo chocamos nuestras jarras de cerveza.

-   Sin excusas... ¡por la vida!

Colesterol, alcohol y una noche que encendía su música. No pudimos más que perdernos, dejarnos llevar por las luces de la ciudad, emborracharnos y besarnos por primera vez en un bar de ambiente, con paredes tatuadas e imágenes borrosas que no recuerdo si eran cuadros, retratos o personas. Sonaba una canción de Luz Casal.

Fue un beso tan esperado que a esas horas era casi inesperado. Habíamos pasado más de quince horas juntos, sin una caricia, un gesto, una insinuación. Me gustaba lo que conocía de Gibel, me estimulaba intelectualmente. Vivía en un mundo particular, con toda la tonalidades de grises, con su forma de medir y parar el tiempo. Era una persona extraordinaria, como virtud y como definición.

Él me gustaba por sus palabras, por su visión particular de un paisaje que ambos compartimos y que cada uno, vio de diferente manera. Sus perspectiva de las cosas, aunque no siempre fuese compartida, me enriqueció. Gibel, era un regalo de cumpleaños. Un libro abierto. Me dejó sentir el olor de sus páginas, estudiar la forma de sus letras, pararme en cada capítulo, disfrutar de su historia. Besarnos era solo una parte más, prescindible en su esencia, aunque deseada. Podríamos haber renunciado al beso, al sexo, a las caricias y no por ello, nuestra cita casual dejaba de ser una de las mejores experiencias que había vivido hasta el momento. Nos habíamos entregado el uno al otro desde el instante en el que decidimos empezar a conocernos con un paseo que nos llevó desde el barrio de Gracias hasta El Raval, aceptando la libertad de ser aquello que queríamos ser y hacer solo aquello que realmente deseábamos hacer.

El primer beso que Gibel y yo nos dimos fue instintivo. Salió de los más profundo de nuestro deseo, como broche final a un día lleno de emociones. Fue un beso tan intenso como cada una de las palabras que nos regalamos y cuando separamos nuestros labios, reímos sin ningún motivo aparente y con toda la razón. Esa era la noche loca de un extraordinario treinta y un cumpleaños. El inicio de un final que llegaría con el nuevo amanecer, sin otra excusa para celebrar.

A las cuatro de la mañana cuando cerraron el local y nos quedamos al amparo de las persianas bajadas, Gibel me dijo:

- Me parece que la ciudad nos cierra las puertas, es hora de irse a dormir. ¿Quieres que te acompañe a casa? - Todo hacía indicar que nuestra cita llegaba a su fin. No había más música que bailar. El silencio de la calle acunaba los sueños de la ciudad, las luces de las farolas acompañaban a los últimos transeúntes en su camino de regreso a casa y Gibel y yo nos quedamos frente a la incógnita de nuestra siguiente etapa. La que no habíamos planificado pero estaba por llegar.

- No hace falta, pido un taxi.... - le respondí mientras me protegía del frío con el pañuelo - de todos modos, pensaba que me invitarías a tu hotel. El día aún no ha terminado, al menos para mí.

- ¿Vendrías? - preguntó él cambiando la expresión de despedida por una mucho más sensual y atractiva.

- Tendrás que proponerlo si quieres saber la respuesta - una cosa era ser atrevida y otra darle el trabajo hecho.

De rodillas, con la botella de cerveza aún en la mano, ofreciéndomela como si de un anillo de compromiso se tratase, Gibel me miró y dijo:

- Elena, ¿quieres venir al hotel conmigo?

Aquella noche mi vida cambió para siempre.

Muchas veces me he preguntado por qué una persona puede tener tanto poder en nuestra vida, por qué dejamos a alguien, conocido o no, que ejerza una influencia capaz de cambiar nuestro destino. Igual que una gota de agua puede ser el principio de un devastador tsunami, una mirada puede arrastrarnos a lo largo de los años con tan solo un recuerdo, una caricia o un gesto de amor.

Las personas vienen y van, sé que aceptarlo es un modo de dejarles andar, de hacerles libres en su destino, de soltar amarras, pero no puedo evitar, de vez en cuando, mirar atrás y recordar alguna amistad que fue importante, aunque no fuese duradera. Me gustaría por un momento saber que ha sido de sus vidas, si son felices, si están satisfechas, saber incluso si están vivas pues mi memoria da vida pero no es inmortal.

Recuerdo el pasado como sus fantasmas, endulzando los recuerdos, olvidando muchas veces los nombres. Me gustaría tomar un café con cada una de las personas que no volveré a ver, pero entonces mi pasado sería mi presente y lo aprendido por el camino se desvanecerá como por arte de magia. La misma magia que les sentaría frente a mí en una cafetería de la ciudad, con la imagen infantil de mi recuerdo, el reloj parado en un calendario del siglo pasado.

Vivir es mirar hacía adelante, no hacia atrás. Caminar siendo cada vez más libres y más sabios, apreciar el paisaje desde otro lugar.

A medida que he cumplido años, se ha reducido el número de personas a mi lado, como si la edad estuviera reñida a la compañía o viceversa. Me intriga pensar en el recuerdo que otras personas tendrán de mí, en esa Elena que yo no reconozco y que en cambio habita en otras personas. Desearía que los recuerdos ajenos fuesen generosos conmigo, pues mis errores fueron inconscientes, parte de un aprendizaje que espero haber aprendido. ¿Cuántas Elenas hay en el mundo? No mujeres, madres, abuelas, amantes... sino la Elena que es de otros. ¿Cómo me recordará Gibel? ¿Qué Elena fui yo para él?

Para mí, Gibel, fue la persona que cambió mi vida para siempre, aunque la mañana en la que nos despedimos, la viví con la ignorancia de no saber la huella que quedaba en mí. Su recuerdo no sería puntual, sino eterno y su imagen, la forma fina de sus labios y sus ojos de largas pestañas, me mirarían cada despertar como lo hizo él después de un sueño ligero, en una habitación que olía a sexo, vino barato y sudor.

- *Bonjour mon petit inconnue* - le dije mientras me vestía frente a la cama. Él, mi desconocido, me miraba con los ojos medio cerrados, resistiéndose a abandonar las sábanas que cubrían su cuerpo desnudo. Ese que ya no tenía secretos para mí.

- *Bonjour ma muse.*

Nuestro tiempo había caducado y con su final regresaron las prisas de un lunes, las obligaciones de un día normal que no lo sería, porque nada volvería a ser como antes.

Desayunamos juntos en la cafetería del hotel, con la marca de la almohada grabada en la cara, llenando de azúcar el café, sin poder distinguir el dulce del salado. No era solo la resaca lo que nos pesaba en el cuerpo, era el recuerdo de lo vivido, la huella de millones de pequeños momentos que se grababan poco a poco y a conciencia en nuestra memoria. Era tiempo de despedidas y a las siete y media de la mañana, en el momento exacto en el que una campana resonó en la ciudad, arrastré mi silla hacia atrás, besé a Gibel y me marché. Sin el drama de las explicaciones, sin intercambiar los números de teléfono, la dirección de casa o cualquier otra señal o indicación que nos asegurase un mañana, que podía ser mañana o dentro de un mes. Puede que un año o diez.

Dejamos que el tiempo siguiese su curso aceptando el contrarreloj que arrancamos horas atrás, cuando lo único que conocíamos era el final, la despedida.

Para que existiese una segunda oportunidad, tendría que haber existido la primera, que no fue tal, sino un encuentro que nos pilló por sorpresa en un momento en el que la sorpresa era bienvenida, bien recibida y puede que (bien) esperada. Habíamos cumplido con el deber de nuestro tiempo y el adiós que acaba de llegar era una parte más de nuestro encuentro, ni la mejor ni la peor, solo una más. Imprescindible como todas, inolvidable, quizás.

- ¡Señorita!

Caminaba entre las calles empedradas cuando escuché su voz. No era el eco de de mi memoria, sino la repetición de un primer instante. Di la vuelta y lo miré. Sonreía. Con un sobre en la mano se acercaba hacia mí, cubriendo su cuerpo del frío matutino que despertaba a la ciudad, protegiéndose del recuerdo que empezábamos a crear.

- ¡Su foto señorita! - volvió a decir.

De nuevo frente a mí, instantes después de haber abandonado la cafetería del hotel pensando que no lo volvería a ver, pregunté.

- ¿Qué foto?
- La tuya - me dijo apoyando el sobre entre mis manos - te debo un regalo de cumpleaños - me besó.
- Pero...
- Solo hay un pero - dijo él - abre el sobre cuándo estés en casa.

Cumplí la promesa sólo en parte. Recorrí la ciudad deshaciendo el camino andado, en el absurdo intento de regresar sobre mis pasos para volver a recordarlos y olvidarlos después. La mañana era fría, al menos para mi cuerpo de espalda descubierta y sentimientos aterciopelados. Tenía que ir a trabajar pero no sentía la prisa de las horas, aún flotaba en el universo de un tiempo sin urgencia. Barcelona se despertaba entre alarmas de teléfonos y cuerdas de reloj, en un amanecer calmo, brillante y de dudosa nitidez. Subí por el paseo de Gracia, entre las persianas bajadas de las tiendas que dormían aún y los bares que servían los primeros cafés a los madrugadores o trasnochadores como yo que se resistían a llegar a su destino. El mío era la ducha de mi casa y después, la oficina.

Con el sobre en la mano y el bolso colgando del hombro, repasé conversaciones, momentos, besos y olores, sin entender aún como había sucedido todo, agradeciendo a la vida por darme tanto, por llenar mi camino de regalos efímeros y eternos que llenaban mi corazón de amores en forma de rosas y espinas.

Mi barrio me recordaba que ya estaba en casa. Todo sueño tiene un inicio y un final y cuando todo acaba, lo que realmente cuenta, es el camino. La plaza de la Vila estaba desierta, las persianas de sus casas, bajadas, y un señor vestido de verde, con una escoba en la mano barría las colillas de la noche anterior. Me saludó aunque no me conocía, haciéndome testigo de un lugar ocupado por ambos en sus diversas cuadraturas, compañeros de un silencio y un momento. Alargué mi regreso a casa sentándome en el banco de madera en el que tan solo unas horas antes, Gibel, vestido de negro, sostenía su cámara fotográfica con su mirada curiosa. Nada era como ayer, ni siquiera el paisaje, que no había cambiado, era el mismo. Tampoco yo.

Abrí el sobre marrón y saqué de él una fotografía en blanco y negro. La imagen de la mujer, revolviendo el azúcar en su taza de café no era yo. Si lo era mi cuerpo, incluso mi nombre, pero esa Elena dibujada entre sombras de mil tonalidades no era yo, era la Elena de Gibel. Tenía mi pelo, mi piel, los lunares desordenados de mi espalda, mis brazos apoyados sobre la mesa. No sé veía mi mirada perdida, el rojo de mis labios, pero se advertía la soledad de un momento, los pensamientos reunidos en grupos silenciosos que pasaban lentamente ante mí, la música de unos pájaros que despertaban la ciudad. En aquella fotografía se veía todo lo que yo no vi aquella mañana y entendí por qué Gibel quiso pasar el domingo de mi cumpleaños conmigo, porque él no veía la realidad, él vivía en el sueño que improvisaba en cada imagen. En el mundo que capturaba con su magia, con la habilidad de parar el tiempo. Al que yo pertenecí durante veinticuatro horas, llevándome para siempre su recuerdo y un regalo de cumpleaños que tardé en descubrir pero que fue eterno.

La fotografía la firmaba con su nombre, sin fecha y con una frase.

<<Un día, por siempre >>

Cuánta razón tenía...

Habían pasado exactamente nueve años desde que Gibel y yo nos conocimos en la plaza de la Vila y era precisamente él, la última persona con la que hubiese esperado encontrarme la mañana de mi cuarenta cumpleaños. O cualquier otra.

Gibel escondía el secreto de nuestro único encuentro, la razón que me cambió la vida para siempre, el motivo mayor por el que dejé de ser la Elena que él conocía para ser la Elena que soy.

Pero estaba allí, la persona que pensé que nunca volvería a ver me miraba a los ojos por mi cuarenta cumpleaños y yo no podía escapar de él, como no podía escapar de mis miedos ni de mi pasado.

- ¿Y qué haces en Barcelona Gibel? - le pregunté intentando demostrar la serenidad que no tenía.
- Vivo aquí - horror, pensé - nunca me fui - horror, horror, horror.
- ¿Cómo que nunca te fuiste? - sabía que tenía que regresar a París, a su estudio, al lugar en el que gestionaba todos sus viajes. ¿como que nunca se fué?
- Después de despedirnos en la cafetería del hotel, llamé al responsable de marketing de la empresa de publicidad con la que tenía el evento para decirle que tenía la lista de las ubicaciones. Le mandé un email con

algunas fotografías y... abreviando - se interrumpió a sí mismo. No era fácil resumir nueve años de una vida, (¡que me lo digan a mí!) - me ofreció quedarme en Barcelona como fotógrafo fijo y aquí sigo.

- Nueve años viviendo en la misma ciudad y nunca nos hemos visto...

Aquella mañana, mi pasado me estaba jugando un mala pasada. Algunos recuerdos habían perdido el poder de doler, otros eran aún mejor que su versión original, pero éste, Gibel en concreto, era un recuerdo abierto de por vida.

- Una vez me pareció verte ¿sabes? - no, no sé, pensé. Estaba cada vez más nerviosa, no podía creer que Gibel estuviese frente a mí. Precisamente él - ibas con una niña de la mano - continuó -, te saqué una fotografía desde la distancia pero no resolví la duda de saber si eras tú.

- Seguramente... - respondí. Deseaba que la conversación terminase cuanto antes. Que se marchase por el mismo lugar por el que había llegado y que desapareciese, al menos, otros nueve años.

- ¿Eras tú? - Insistió.

- Sí, era yo. Y la niña que caminaba de mi mano es mi hija. La tuya.

La última frase solo la pensé, no la dije. Mi hija era solo mía aunque su padre se llamase Gibel, fuese fotógrafo y francés.

- Papá....

Cuando supe que estaba embarazada y decidí seguir adelante con la gestación, los miedos y las dudas llegaron para no separarse de mí. Empecé a hacerme preguntas que nunca antes me había planteado, como si el mundo que conocía hasta el momento tuviese un aspecto distinto, hubiese cambiado su paisaje y tuviese que aprender a descifrarlo para entenderlo y ser capaz de vivir en él.

Por primera vez me pregunté cómo había hecho mi madre para criarme sin la ayuda de nadie. Ella, se había enfrentado a mi misma situación treinta y un años atrás, siendo aún más joven que yo y con una educación y una vivencia personal muy distinta de la mía. Si mis miedos se habían agigantado desde que supe que estaba embarazada ¿cómo se sintió ella? Nunca me lo había preguntado.

Parecía que la historia se repetía, madre e hija compartiendo el mismo patrón. No pude evitar pensar en la cantidad de veces que repetimos los patrones con los que crecemos. En como aquello que vivimos, afecta, consciente o inconscientemente, en las decisiones que tomamos. A mis treinta y un años, me encontraba en la misma situación que mi madre e intentado descubrir cómo había llegado hasta allí, me di cuenta de que en realidad no sabía nada ella. Conocía a la Helen que vino después, la que para mí siempre fue mi madre, pero desconocía a la joven que un verano llegó a Tossa de Mar escapando del corsé de una educación estricta y obtusa.

Estaba embarazada, tenía ante mí la aventura más grande de mi vida y pretendía estar a la altura, pero antes de pensar en mi futuro debía conocer mi pasado, esos patrones que inconscientemente repetía. Me esperaban muchos cambios y estaba dispuesta a todo. Un paso cada vez, construyendo un terreno firme, colocando las piezas que le faltaban a mi puzzle personal, empezando el nuevo dibujo que vendría de la mano de mi hija.

La primera cosa en la que pensé cuando supe que tendría a mi niña, fue en buscar una nueva casa que se adaptara mejor a las necesidades de mi hija y las mías. Había vivido en aquel apartamento del barrio de Gracia desde que empecé a trabajar para la Beauty Building Company, hacía ya seis años. Desde que decidiese que aquel iba a ser mi hogar, después de retomar las riendas de mi vida a mi regreso de Lanzarote, había hecho del pequeño apartamento que alquilé con mi primer sueldo, el lugar en el vivían todos mis recuerdos.

Allí estaban los libros que me acompañaron durante las interminables horas de espera en los aeropuertos de las principales ciudades europeas, estaban los souvenirs que coleccionaba de cada uno de mis viajes y que compartían estantería con decenas de vinilos, radio cassettes y compact disc. La evolución musical, desde Ana Belén a Los Piratas, compartía espacio con una matera de piel traída de Argentina y un tulipán azul tallado en madera que compré en holanda después de delegar el proyecto de Holborn a un compañero. Tenía también un cenicero de Túnez, aunque ya no fumaba, un libro de Italo

Calvino que compré en mi primer viaje a Roma con el propósito de aprender Italiano y que aún no había leído. Posavasos con imágenes de París, una guía sobre cómo conocer Viena en cinco días, una piedra con forma de mariposa de la isla griega de Rodas y una pulsera volcánica con cinco cristales verdes en el centro entre otras cosas.

Aquel apartamento lleno de recuerdos, donde mi habitación estaba presidida por el tocador que compré en Cadaqués y desde el que todas las habitaciones miraban a las calles del barrio que me vio crecer, era el cuadro de mi vida y cuando la idea de abandonarlo pasó por mi cabeza, comprendí que no podía hacerlo. Que allí residía mi esencia, la magia de lo aprendido.

Soy de las que piensa que una casa no es el lugar en el que vives, sino al revés. Somos las personas, con nuestras vivencias, las alegrías, los sufrimientos y la memoria de cuanto allí aconteció quienes damos vida a un lugar que sin nosotras no sería más que paredes blancas resguardando un espacio hueco y frío hasta convertirlo en nuestra casa. Por eso, cuando regresé de Lanzarote y decidí que era ese el momento adecuado para comprar la casa en la que llevaba varios años viviendo, empecé a construir mi hogar. Cambié las ventanas manteniendo su estética original de madera pero con un material aislante que protegiese la casa de la humedad. Pinté todas las paredes de blanco, un color que siempre me ha dado gran serenidad. Tiré el muro que dividía la cocina del salón para crear un espacio abierto y amplio y dejé mi habitación prácticamente inamueblada, con tan solo un antiguo armario de estilo marinero, una cama baja con cabezal azul claro y la cómoda de Cadaqués. Quería sentir el mar cerca mí, siendo parte de mis sueños, del lugar en el que descansar. Mi casa era mi paraíso y las olas me acunaban. <<Que las olas te traigan, que las olas te lleven y que jamás te obliguen el camino a elegir >>. La frase que mi padre me susurró al nacer estaba escrita a mano por mí, con un pincel negro, sobre el cabecero de la cama. Lo hice una noche, a las cuatro de la mañana, cuando no podía dormir y la ausencia de mi padre aún dolía.

La habitación de invitados, fue la joya de la corona en aquel proceso de reestructuración. Era mi sala de lectura. Un cuarto estrecho y rectangular con un ventana al fondo que iluminaba cada uno de sus rincones. Coloqué a su lado un sillón de color rojo junto a una lámpara de pie que alumbraba sólo aquello que tuviese entre las manos. Un libro, una nueva historia que me llevase a un lugar desconocido y lejano en el que recorrer paisajes y sentimientos que me acompañarían durante las horas y las noches en las que sus capítulos serían parte de mí. Al terminar de leer la última página, cuando el punto final anunciase el silencio, cerraría la tapa dura de los inicios, rodeando el libro con mis brazos, apretándolo contra mi pecho, intentando detener las últimas palabras de un historia que había sido parte de mí. Allí, en mi sala de lectura, viví un millón de vidas.

La habitación era estrecha y la librería cubría toda la pared. Sobre el suelo, coloqué una gran alfombra azul sobre la que se apoyaban mis cuadernos desordenados y una guitarra que nunca aprendí a tocar.

La música era otra de mis pasiones y me acompañó desde bien pequeña. Mi madre tenía un precioso tocadiscos de madera oscura que era el centro de nuestra casa. Me gustaba verlo girar, con el brillo del barniz iluminando toda la estancia.

Las mañanas en casa de mi madre empezaban con las vueltas de cualquier vinilo y la melodía me informaba de cómo se había despertado ella aquella mañana, si estaba triste, si se sentía fuerte o si tenía ganas de bailar. Cuando las notas llegaban a mi habitación, atravesando el pasillo y colándose bajo la puerta, yo sabía si tenía que levantarme de la cama y acompañar a mi madre en su baile o acercarme a ella, besarle y decirle - te quiero mamá -.

Los viajes en coche, las vacaciones, los cumpleaños... mis recuerdos siempre iban unidos a una canción, a una infancia que aún gira cada mañana en el tocadiscos de mi madre, en una melodía eterna que nos hace bailar con los pies descalzos sobre el suelo de casa.

Cuando aún no había terminado la escuela, intenté aprender a tocar algún instrumento musical, soñaba con ser una estrella de rock. Mi madre como siempre, fue cómplice de mi pasión y me apuntó a solfeo y a coro aunque ella hubiese descubierto tiempo atrás, que yo no tenía oído para la música, como no lo tenía para los idiomas. Tengo el dudoso honor de destrozar las canciones que canto y la guitarra que se apoyaba sobre la alfombra azul de la sala de lectura, era fiel testigo mudo de mi fracasado talento musical.

Los libros y la música, eran uno de los tantos placeres que mi madre y yo compartíamos, por eso, cuando creé la sala de lectura, mi pequeño tesoro, le llamé y le pedí que la inaugurásemos juntas. Con quien mejor que con ella podía compartir aquel lugar... Madre e hija, descalzas, tumbadas sobre la alfombra azul que ocupaba la mayor parte del suelo, frente a la ventana, dejando que la luz del día nos iluminase, nos acompañase. Nos llenamos primero de su silencio, del lugar vacío que espera con los brazos abiertos todo lo que le tienes que dar. Dejamos la huella de nuestros cuerpos, la presencia en el nuevo espacio que estábamos por crear y juntas, con el cuidado y el respeto que cada historia se merece, sacamos decenas de libros de las cajas que los guardaban y les dimos un nuevo hogar; la estantería que cubría la pared estrecha de una sala de lectura solo apta para una madre y una hija. Únicas privilegiadas de aquel lugar.

Había días, en los que llegaba a casa y una par de zapatos apoyados al lado de la puerta de la pequeña habitación, me informaban de la presencia de mi madre.

Helen, tenía las llaves de mi casa, no solo para los casos de emergencia, como la noche en la que me robaron el bolso mientras cenaba con las amigas del barrio en un restaurante del Born, las tenía porque ella era tan dueña como yo de aquel espacio. Nuestro pequeño tesoro era un mundo compartido, encerrado bajo llave dentro de mi casa, pero compartido.

A veces, mientras ella se perdía dentro de alguna historia, yo la observaba desde el hueco de la puerta entreabierta y no veía a mi madre, sino a la niña que un día fue, llena de pecas, con los calcetines bajados y las manos sucias. Así la veía yo, igual que en la fotografía en blanco y negro que mis abuelos tenían en el cottage. Pálida, de aspecto delicado, soñadora...

Mi madre nunca perdió esa especie de aura frágil que la rodeaba. Ella era todo lo contrario, era luchadora y valiente, pero tuvo la mala suerte de nacer en el lugar equivocado. La abuela Helen fue muy dura con ella, no entendió que su hija era especial, que era una mariposa de alas frágiles y alma guerrera.

Que la vida de Helen hija, estaba allí donde la llevase el viento como las olas que vienen y van.

Mi madre creció en una religión en la que no creía, con unas costumbres que no compartía, en un cottage que podía haber sido el centro de su inspiración pero que en cambio, fue su prisión. El lugar en el que su madre tiraba a la basura las pinturas de colores que ella misma se compraba con los cuatro peniques que ganaba leyendo para la señora Mc Pherrot cada domingo por la tarde.

Mi abuela no era mala, en absoluto, su problema era que no entendía a su hija. Ella había obedecido siempre a su madre, había crecido con la única idea de que aquello que su madre decía era la verdad universal, sin derecho a duda ni replica. ¿Por qué su hija no era así? ¿por qué la más joven de todas las Helen se empeñaba en llevarle siempre la contraria, en cuestionar las reglas, las religiones y las costumbres? Para su extraña manera de ver el mundo, su hija era una antisistema condenada al repudio social, casi una vergüenza. Pero algo en ella le gustaba, aunque nunca lo confesó. Quizá fuese su valentía o su modo de soñar. Ninguna de las dos lo sabía y para desgracia de ambas, eso les condenó a no entenderse.

A mi madre le hubiese gustado ser pintora. Esa era su gran ilusión. Dibujar paisajes, puentes que cruzan los ríos de las ciudades más importantes, amaneceres sobre el mar, barcos que atracan, historias que vienen y van. Cuando era pequeña, se encerraba en su habitación y dibujaba con su mente, linea a linea, los paisajes de su imaginación. Elegía los colores, las sombras, el movimiento de los pinceles y al terminar, tocaba con la punta de los dedos el relieve de un lugar en el que ella se sentía libre.

Mi madre, nunca se acostumbró a las normas de una sociedad que oprimía a las que como ella, no entraban en el molde. Siempre con cadenas, con modales, con corsés ideológicos que nada tenían que ver con ella. Era una flor salvaje en una cárcel de cristal, luchaba por respirar y se quedaba sin oxígeno. Era un pájaro con las alas cortadas, un regalo de la vida sin abrir.

Para mí en cambio, Helen, fue solo mi madre. No la contemplé de otra manera, nunca pensé en el tipo de mujer que fue, en la niña que sufría en un mundo que la contradecía constantemente, en la joven que un día pudo escapar de aquello que la ataba y empezó a vivir bajo sus propias reglas. Nunca pensé en ella como la muchacha soñadora que por primera vez vio el mar que dibujaba con los colores de su imaginación en el pequeño cuarto del segundo piso del cottage familiar. Helen era mi madre. La que bailaba por las mañanas cuando hacía sol, la que me dejaba contar sus pecas hasta que el sueño se apoderaba de mí y caía rendida en la cama. Helen era mamá, no Helen. Mi apoyo incondicional, mi mayor crítica, mi oxígeno, la mano que me agarra fuerte cada vez que necesito un pilar para no darme por vencida y dejarme caer.

Pero Helen era también la mujer que vivió su libertad en solitario. La joven luchadora que decidió dejar de someterse a las reglas que su madre y la sociedad le habían impuesto desde que tenía uso de razón. La mujer que tomaba decisiones y asumía con la cabeza alta cualquier consecuencia que ello pudiera acarrear. La profesora de Inglés de un colegio en el centro de la ciudad que se prejubiló a los cincuenta y cinco años y se dedicó, finalmente, a pintar. Esa era la mujer que yo conocía solo a medias y que para mí siempre fue mamá, hasta que me quedé embarazada y por primera vez la miré como una igual. Estaba apunto de convertirme en la madre de una niña para la que mi historia, todo cuanto había vivido hasta el momento de su nacimiento, dejaría de importar, porque para ella yo sería siempre su mamá. Fue entonces, cuando quise conocer a la mujer que estaba detrás de la persona más importante de mi vida, la mujer que existió antes de ser mi madre.

Se me echaban los meses encima y yo seguía sin tener organizada la habitación de la bebé. Era el último paso para aceptar que mi vida, desde ese momento, la compartiría con una niña que durante muchos años, dependería exclusivamente de mí. No fue fácil hacerme a la idea. Deseé a mi hija desde el instante en el que supe que estaba embarazada pero no tenía la certeza de estar preparada para todos los cambios que se me venían encima. Llevaba muchos años disfrutando de mi independencia, usando el tiempo a mi antojo, libre de dar explicaciones. Tenía treinta y un años y no me había planteado la maternidad. Estaba bien así, me gustaba mi vida tal y como la había diseñando. No sentía que un hijo o una hija pudiese enriquecerme, del mismo modo que no creía en el matrimonio ni en las relaciones para toda la vida. Era así cómo me sentía feliz, con el lujo de mis viajes espontáneos, de los desayunos domingueros en la plaza de la Vila, los paseos, los mercados antiguos, mi trabajo en la Beauty Building Company, mucho menos competitivo y más satisfactorio que tiempo atrás. Pero cuando la doctora me confirmó que estaba embarazada, decidí emprender una nueva aventura junto a mi hija. Fue una decisión personal, no me sentí presionada por nadie de mi entorno, de hecho, no comuniqué la nueva situación hasta no sentir que tenía todo controlado. No quería que nadie opinase por mí, que ninguna persona se sintiese con el derecho de aconsejarme. Era mi cuerpo, mi vida, mi decisión. Lo comuniqué en la oficina, como quien informa del periodo vacacional y no di pie a una contrarrespuesta. Fuese lo que fuese lo que la gente opinaba de mi nueva situación, no quería saberlo.

Solicité la baja maternal tal y como me correspondía, avisé a mi madre y a mi abuela, quien a gritos le dio la noticia a su marido, cada año un poco más sordo. Hice un hueco en mi mente y en mi corazón a la persona que estaba por llegar, pero dejé hasta el final la organización de su habitación. Quise disfrutar de la que había sido mi vida tan solo un poco más. No era fácil deshacerse de la sala de lectura, la pequeña habitación rectangular que sería el cuarto de mi hija.

- Elena, es hora de esparcir la magia. Tu bebé necesita su espacio.

Eso fue lo que dijo mi madre el día que se presentó en mi casa con una cuna de madera blanca. Tenía razón, era hora de empezar a construir el refugio de mi pequeña y solo podía hacerlo con mi madre, mi compañera.

Deshicimos poca a poco los rincones de nuestro pequeño tesoro. Dimos un nuevo hogar a las historias que vivían en aquel cuarto y repartimos por la casa nuestro sueños. Fue un ritual doloroso, al tiempo que feliz. Me despedía de mi independencia y daba paso a un nuevo olor que me acompañaría el resto de mi vida. Por primera vez me enfrentaba a la eternidad de la mano de una persona que aún no conocía. A mi lado, estaba ella, mi madre, su abuela, la mujer que una vez fue Helen y que durante aquella suerte de fiesta despedida, vi por primera vez como la persona que fue antes de ser eso, mi madre.

- Mamá, ¿cómo fue tu vida?- pregunté de pronto. Era el momento de que madre e hija nos sentáramos la una al lado de la otra y rellenásemos los espacios que aún quedaban en blanco en nuestra historia.

- ¿Qué quieres decir con eso de "cómo fue tu vida"? ¡oye, que sigo viva! ya me estás enterrando... Querrás decir, ¿cómo es tu vida? - llevaba treinta y un años viviendo en Barcelona y nunca perdió su acento Inglés, por muy bien que hablase el castellano - además, ¿a qué viene esta pregunta?.

- No lo sé mamá, es solo que no sé como fuiste antes de ser madre, cómo fue tu vida antes de que yo naciese... no lo sé.

- ¡Sí lo sabes Elena! - seguía entretenida en el desorden, sin querer prestar atención a mis preguntas, ignorando la importancia que para mí tenía - sabes que crecí en el cottage de los abuelos y que me vine a Barcelona a los veinticinco años. Luego naciste tú y ya está.

Que resumen más horroroso hizo mi madre de sus cincuenta y seis años. Pensó que así podría dar por terminada una conversación que inicié desde la necesidad de conocer mejor a quien era la persona más importante de mi vida. Mi guía, mi espejo. Pero yo buscaba la respuesta a cada una de las preguntas que empezaba a hacerme y no estaba dispuesta a dejar correr el asunto.

- ¿Cuál es el mejor recuerdo de tu vida, mamá? De tu vida sin mí - aclaré.

Mi madre se había subido al sofá del salón para asegurar una estantería que según ella debería de sujetar una preciosa planta que diese luz y vida al salón. Desde que había retomado el placer por la pintura, su vocabulario se había reducido a cuatro palabras; luz, iluminación, contraste y color.

Llevaba un tiempo observándola, viendo como se movía con cautela entre los cojines del sofá, apoyando sus manos sobre la pared del salón, buscando el lugar perfecto para colocar la planta que ella misma compró aquella mañana en el mercado. Mi madre, conservaba aún un físico estupendo. Llevaba los vaqueros como nadie y le bastaba una camiseta informal con sus pulseras y un pañuelo para estar realmente espectacular. Su naturalidad la hacía bella y ella siempre decía que el secreto era - estar bien conmigo misma - . Tendría que ser eso, porque nunca practicó deporte ni se privó de placer culinario alguno. También es cierto que mi madre no paraba un segundo durante el día.

Ella odiaba el metro y recorría Barcelona a pie - Es tan bonita que sería gilipollas si me moviese en metro. ¡Para eso que me venden los ojos! - solía decir. Me enseñó que caminar era el mejor modo de viajar, aunque casi siempre recorriésemos las mismas calles y a las distancias de nuestro barrio no se le pudiesen llamar precisamente "viajar", para ella, que se cargaba un pequeño bolso a la espalda como si de una mochila se tratase, observar el día a día de su ciudad era una gran aventura.

Cuando pregunté a mi madre, aquella mañana de lluviosa de otoño, cuál era el mejor recuerdo de su vida sin mí, no le costó encontrar dentro de si la respuesta. Conocía de antemano el lugar, el olor y el año de sus mejores recuerdos, el momento preciso en el que empezó a vivir la libertad que durante tanto tiempo había deseado. No necesitaba mirar atrás, sus mejores recuerdos vivían con ella.

- Prepara un té - ordenó mientras apoyaba la planta que tenía en las manos sobre la mesa del salón - que por lo que veo, hoy tienes ganas de hablar.

Esperó en silencio a que el agua estuviera caliente y las tazas sobre la mesa. La espera se me hizo eterna, quería sentarme a su lado, con los pies descalzos sobre el sofá y escucharle hablar de la niña que soñaba desde el cuarto de una pequeña habitación en el segundo piso de una antigua casa de campaña, de la joven Helen que un día se montó en un avión rumbo a Barcelona sin saber que aquel viaje cambiaría su vida para siempre. Ansiaba conocer a la persona que fue antes de ser la madre que yo conocía. Sus sueños, sus temores, sus pasiones... la luz, el contraste y el color de sus cuadros imaginarios, aquellos que ahora cuelgan sobre las paredes de un estudio cerca de su casa, el lugar en el que ha recobrado una nueva felicidad.

El agua hervía dentro de un tetera de aluminio en la cocina de mi apartamento. La lluvia salpicaba en las ventanas y mi madre se acomodaba en el sofá, con las piernas dobladas y los zapatos en el suelo. Había llegado el momento de que Helen compartiese conmigo la memoria de la persona que fue antes de que yo llegase a su vida para invadir casi todos sus espacios, de hablarme de mujer a mujer y no de madre a hija. Ella estaba preparada para contar su historia pero quería hacerlo sin interrupciones, por una vez y para siempre. Nunca le gustó mirar atrás y si aquella mañana lo hizo fue solo porque sabía que yo lo necesitaba. Conocer mejor a mi madre, era de alguna manera, saber más de mí.

- El mejor recuerdo de mi vida - confesó ella después de darle un sorbo al té y comprobar que aún estaba demasiado caliente - es el primer verano que pasé en Tossa de Mar.
- ¿Cuándo conociste a papá?
- Si, el verano en el que conocí a tu padre.
- No veo como papá pueda ser un buen recuerdo... - confesé.
- Porque tu padre no fue el protagonista de mi verano, solo un personaje secundario que cambió mi vida.

Mi madre me contó que aquel verano se hizo - una nueva piel-. Dejó atrás el frío, el cottage, el aislamiento de Norfolk, las costumbres de la abuela Helen y llegó a Tossa de Mar para permitirse ser quien siempre soñó.

- Cumplí finalmente mi deseo de ser libre. En realidad, más que un deseo - se corrigió - era una necesidad. Mi mundo interior, era un cuadro de muchos colores, un paisaje lleno de luz dibujado con sensibilidad sobre un lienzo de infinito horizonte. Así era como yo imaginaba aquello que había detrás de las fronteras del cottage y cuando por fin salí y comprobé que el mundo era un lugar aún más bello, abrí las alas y alcé el vuelo.

Mi madre hablaba reviviendo cada una de las sensaciones que sintió más de treinta años atrás, como si el tiempo hubiese sido generoso con ella y le permitiese volver a ser, por unos instantes, la joven Helen que un día sobrevoló el mediterráneo para aterrizar en Tossa de Mar, el lugar en el que le esperaban los colores con los que siempre soñó.

- Pero en aquella época, a mis veinticinco años recién cumplidos, aún no sabía que la libertad es un privilegio que conlleva una gran responsabilidad - confesó -.

Se tomó un respiro para reflexionar, como si llevase años sin hacer tal ejercicio. El otoño había llegado a la ciudad y se respiraba el olor de las hojas secas sobre un suelo mojado por la lluvia que llevaba días bañando la ciudad de melancolía. Aquella tarde era perfecta para desempolvar los recuerdos.

Dio un trago lento al té, que aún quemaba. Sujetaba la taza entre sus manos, como si el calor que desprendía pudiese calentar también el alma. Yo la observaba atentamente, dejándome transportar a ese precioso mundo que ella había guardado durante todos esos años en algún lugar de su interior.

- Los sueños de verano son solo eso - continuó - sueños estacionales con un principio y un final.
- No te entiendo mamá... - confesé - me hablas de sueños de veranos, de libertad, de responsabilidad... pero sigo sin entender qué pasó en Tossa de Mar y porque es allí, donde están tus mejores recuerdos.
- Porque fue allí donde aprendí que los sueños son solo una parte de la vida. La más bonita, quizás, pero toda acción tiene su consecuencia y no se puede vivir sin asumir que solo nosotras somos las responsables de cuanto nos sucede.

Aquella mañana de confesiones, mi madre me contó también porqué eligió Tossa de Mar como el lugar en el que vivir por primera vez su tan ansiada libertad.

Su vecina, la señora Mc Pherrot, a quien ella visitaba cada domingo para leerle los libros de Jane Austen que guardaba en la antigua biblioteca de la casa contigua, había sido una mujer con gran espíritu aventurero. Cuando mi madre la conoció, era ya una mujer anciana pero su casa seguía siendo el museo de todas sus vivencias. Coleccionaba postales de todos lugares que había visitado, cuadros de países lejanos que para mi madre eran mundos extraños, telas, alfombras, vajillas... Era una mujer inteligente, reflexiva, con una cultura y una educación exquisita pero por desgracia, la diabetes que sufría le provocó una ceguera leve que le impedía disfrutar de la pasión que le aguardaba en la biblioteca de su casa, las historias de Jane Austen.

La señora Mc Pherrot podía vivir sin volver a ver las fotografías que colgaban de las paredes de su salón, conocía perfectamente aquellos lugares. Le fallaba la vista, pero no la memoria. Podía pasarse horas hablando de los sabores que descubrió en su viaje por el norte de África, de los atardeceres en España, los colores de la India, pero era incapaz de renunciar a ella a <<Una de las mejores escritoras Inglesas de la historia>>. Esa era la frase que la señora Mc Pherrot repetía cada vez que mi madre terminaba de leer uno de sus libros.

La joven Helen fue la voz de Emma Woodhouse, de las hermanas Elinor y Marianne y de Elizabeth Bennet, el personaje favorito de ambas.

Esperaban con impaciencia su cita dominical para enriquecerse mutuamente, ser los ojos la una de la otra. Porque mi madre no sufría de diabetes, pero creció ciega en una casa sin luz natural, en la oscuridad de un cottage que no le dejaba ver más allá. La señora Mc Pherrot era su conexión con el mundo externo, sus ojos, el pincel que le ayudaba a dibujar los paisajes con los que ella soñaba.

Cuando la señora Mc Pherrot murió, a los sesenta y ocho años, mi madre recibió una visita inesperada. El notario del condado de Norfolk, le refirió que acaba de heredar los libros de Jane Austen que se encontraban en la biblioteca personal de la señora Mc Pherrot, así como el cuadro que colgaba sobre la chimenea del salón principal. Pero no solo eso, el notario le entregó también una carta escrita a mano en la que decía:

Vuela mi pequeña mariposa. Es hora de que empieces a dibujar tu propia historia. En el primer cajón de mi escritorio, tienes todos los colores. Yo seré tu guía.

Con todo mi amor,

Margaret Mc Pherrot

P.D= Si no sabes por dónde empezar, el cuadro sobre la chimenea puede ser un buen inicio. Tossa de Mar. España.

- ¿Por qué nunca me has hablado de la señora Mc Pherrot mamá? - pregunté extrañada. Aquella que mi madre acababa de compartir conmigo era una historia maravillosa y yo había crecido sin saber nada de ella. No entendía por qué nunca quiso compartir aquel recuerdo conmigo.
- Porque no la necesitabas Elena..
- ¿Qué quieres decir con que no la necesitaba?
- La señora Mc Pherrot, llegó a mi vida para enseñarme que otro mundo era posible. Que soñar era el único privilegio del que nadie podría jamás privarme y que vivir era un modo de soñar con los ojos abiertos, leyendo las historias de Jane Austen y recorriendo los paisajes que solo viven dentro de mí. Margaret, fue mi

faro, mi guía. Y si nunca te hablé de ella fue porque intenté educarte en la libertad de tus propias decisiones, estimular tus pasiones, creer en tí. Darte el privilegio de explorar tus propios confines, tus fronteras. Nunca quise poner límites a tu imaginación o a tus sueños y desee que jamás necesitases a una señora Mc Pherrot, porque siempre quise que tu guía, tu faro, fuese yo. Tu madre.

Y lo fue, claro que lo fue. Mi madre tenía razón, yo no necesitaba que nadie me rescatase, había crecido en un mundo en el que mis ambiciones no tenían límites. Podía aspirar a aquello que desease, por más difícil que esto fuese, por imposible que pudiese parecer, porque yo nunca estaría sola. Podía arriesgarlo todo y perder porque nunca nada podía detenerme si tenía la mano de madre, el apoyo incondicional de una mano fuerte que me levantaría una y otra vez, una mano que me auparía a lo más alto de mis sueños si yo se lo pedía.

- Aquel verano fue maravilloso Elena - me dijo mientras sonreía y volvía a perderse en sus recuerdos - La señora Mc Pherrot tenía razón, no había un lugar mejor para empezar a volar que Tossa de Mar. Recuerdo perfectamente la sensación al apoyar por primera vez los pies descalzos sobre la arena. Y el sol... ¡nunca había visto tantos días de sol seguidos! - mi madre reía a carcajadas. La ví especialmente bella en aquel momento, con la melena cayéndole sobre los hombros y los ojos brillantes. - Pasé gran parte del tiempo a orillas del mar dibujando las barcas que cada día se alejaban de la costa y regresaban al atardecer, cuando los colores eran ya distintos y las horas pasadas se acunaban en el movimiento de las olas del mar.

- ¿Fue así como conociste a papá? - le pregunté.
- Si, fue así como conocí a tu padre, viéndolo partir al alba y regresar al atardecer.... - mi madre sonreía, podía verlo, tocarlo... recordaba perfectamente al chico de la barca -. Manel era un joven maravilloso. Guapo... ¡qué guapo era! Ojalá tuviese una fotografía para que lo vieses, aunque eres su viva imagen - Parecía que al mirarme estuviese mirándolo a él.

Los jóvenes Manel y Helen se quisieron mucho, cada uno a su manera, pero lo hicieron. Ella veía en él todo lo que siempre quiso tener. Manel era un espíritu libre, sin ideología política, nacionalismos o padrón. Vivía la vida dejándose llevar por las olas, por la novedad de un nuevo día, sin mirar más allá, sin pensar en un mañana. Para él, la vida era un regalo y lo abría cada amanecer para sorprenderse. Helen fue su musa, la inspiración de los poemas que aún hoy continúan escritos en algún papel viejo o en una servilleta de bar abandonada entre los recuerdos. Ella era un elixir, con su piel blanca, su cabello claro y un cuerpo cubierto de lunares que le guiaban como las estrellas en el cielo a través del mar. Manel la veía como un regalo marino, como la sirena que había cruzado el Atlántico para visitarlo a orillas del mediterráneo. Helen fue su sol y su luna cada día. Vivió de ella, se alimentó de su pasión, de la fuerza de una libertad arrolladora que la llevaría allí donde ella quisiera llegar. Era una marea, una corriente de mar.

Nunca esperó más de ella, sabía que no podía retenerla a su lado y cuando descubrió que se había marchado, pensó que había regresado al fondo del mar y no la echó de menos, porque las olas la llevaban, las olas la traían y jamás le obligaron el camino a elegir.

- ¿Por qué te marchaste mamá? Si papá era un hombre especial y maravilloso como tu dices, ¿por qué te marchaste?
- Cuando la señora Mc Pherrot murió - me explicó -, inicié un nuevo camino, empecé a dibujar mi propia historia. Por primera vez en veinticinco años sentí que yo era la única dueña de mi propia vida, la responsable absoluta de mis decisiones y no podía, no quería, renunciar a ello. No había emprendido un viaje hasta Tossa de Mar para sucumbir al primer amor. Tenía que vivir por mí misma, crecer, equivocarme, incluso llorar cuando tocaba. Tenía que vivir, Elena... - me dijo emocionada - le debía a Margaret y me debía a mi misma, el sueño de la libertad.
- ¿Y papá?
- Tu padre aceptó mi decisión porque sabía que amar es también dejar marchar a la persona que amas.

Cuando mi madre cerró la puerta de mi casa tras de sí, eran casi las once de la noche y el apartamento mantenía el mismo desorden de horas atrás, cuando Helen se bajó del sofá para sentarse frente a mí y compartir su historia conmigo. Había sido un intenso día de confesiones, las palabras aún sobrevolaban por las esquinas de la casa, como si deseasen quedarse a vivir allí, junto a mi música, los souvenirs y los libros de Jane Austen que mi hija acababa de heredar y que nos recordarían que un día, una señora llamada Margaret Mc Pherrot, iluminó el camino de una mujer que soñaba con la libertad.

La luz de las farolas alumbraba mi habitación. Me había recostado en la cama pensando en todas las cosas que aquella tarde había aprendido sobre la mujer que tuve la suerte fuese mi madre, pero también sobre mí. Porque su historia, era de alguna manera también la mía.

Mi madre había elegido el camino de la independencia y la libertad, del mismo modo que yo, treinta y un años después, empezaba a dibujar el nuevo paisaje de mi vida junto a una niña a la que me prometí educar del mismo modo que yo había sido educada. Sería una mujer libre para elegir su propio camino, poderosa, valiente, responsable de sus propias decisiones, generosa con las ajenas. Sería una niña soñadora a la que nadie le diría que al cielo no se puede llegar, porque yo me encargaría de ponerle el mundo a sus pies y asegurarle que el camino dependía únicamente de su propia voluntad. Una joven aventurera que arriesgaría la estabilidad de su rutina para vivir las aventuras que crecían dentro de ella, como las historias de Jane Austen crecieron dentro de Helen, como las canciones que nos acompañaron cada mañana en el salón de casa con los pies descalzos. Me juré que mi hija no tendría más límites que aquellos que ella desease tener y que yo sería su luz si en algún momento de oscuridad perdía el rumbo y se olvidaba de que ella pertenecía a una familia de mujeres que pudiendo elegir, eligieron el camino de la libertad. Lo haría por ella, por mí, por Helen y por Margaret.

- Mamá... - eran las cuatro de la mañana cuando agarré el teléfono y marqué el número de mi madre, no podía esperar al día siguiente para decírselo.
- ¿Estás bien Elena?

Hay palabras que no deben aguardar.

-    Te quiero.

Me desperté temprano aquella mañana. Había pasado la noche en vela pensando en todo lo que mi madre había compartido conmigo durante la tarde anterior, en el papel que ella había jugado en mi vida y en el que yo desempeñaría para mi hija.

Ella, la bebé que estaba esperando, no conocería a su padre. Gibel desapareció tras de mí una mañana de lunes de un mes de mayo, regresó a su habitación de hotel en Barcelona y siguió viviendo en ese mundo lleno de diferentes tonalidades de grises, con su habilidad de parar el tiempo. Ella, la niña que aún no tenía un nombre, sería la hija de Elena Bas y de un fotógrafo francés al que nunca conocería. No había sido así en mi caso, yo sí conocía a mi padre, aunque hubiesen pasado diez años desde la última vez que lo vi.

Aquella mañana de Otoño, con la resaca de las palabras de mi madre revoloteando aún dentro de mí, amaneció temprano y con las primeras luces del alba, inicié mi viaje hacia el norte de mi mar mediterráneo, rumbo a la Costa Brava, a Tossa de Mar.

Volver a Tossa de Mar, era también volver a mis recuerdos más felices. Hacía mucho tiempo que no pensaba en los veranos que pasé en la Costa Brava pero las curvas de la carretera fueron dibujando uno a uno los años que pasé allí, en la casa número cuatro de una estrecha calle con paredes blancas y puertas de madera. Fueron años de juegos al aire libre, pies descalzos, arena en las orejas y heridas en las rodillas, muchas heridas. Con sus tiritas de colores y las lágrimas que duraban el poco tiempo que tenía por perder entre los bocadillos de nocilla y el picor del agua salada. El mar era mi casa, hija de sirena y barquero.

Siempre supe que Manel era mi padre, aunque no viviese en casa con mamá y conmigo, aunque solo lo viese los tres meses de verano y solo en Tossa de Mar. No cuestioné cómo era mi vida, no dudé de la normalidad de ver a mi padre noventa días al año. Aquello era para mí como las navidades en Norfolk, algo que sucedía automáticamente. Madre e hija, nos montábamos en el coche con el maletero lleno de bultos y la colección de cassettes en la guantera y nos instalábamos en la casa número cuatro de una calle paralela a la playa hasta el primer domingo del mes de septiembre. Igual que los viajes a Norfolk, los veranos en Tossa de Mar, no se cuestionaban, llegaban y punto.

Cuando era niña, me gustaba mucho estar con Manel. Los días con él eran largos y llenos de colores. Me despertaba temprano, con el olor a naranja recién exprimida y me sentaba frente a la mesa de la cocina, con las piernas colgando de la silla, a desayunar. Las mañanas a su lado, eran una fiesta de sabores. Fruta, queso, pan caliente, tomate, aceite de oliva... Desayunaba con impaciencia, mientras mi madre aún dormía en la habitación que ambas compartíamos, y Manel preparaba los aparatos de pesca para pasar el día en el mar.

Salíamos temprano hacia a la playa, cuando los turistas aún descansaban en sus hoteles y la costa nos regalaba el privilegio de la soledad. A esa hora, el agua del mar estaba aún muy fría, por eso mi padre me levantaba en brazos hasta sentarme en la barca para que no me mojase al subir. Recorríamos la costa despacio, no teníamos prisa. Saludábamos a L'illa, la pequeña isla frente a la costa de Tossa de Mar y empezábamos a navegar, siempre hacia el norte, hacia las calas Bona, Pola y Giverola. A veces entrábamos en las cuevas para observar el fondo del mar y otras simplemente nos dejábamos llevar, disfrutando del vaivén de las olas, del sol y de las antiguas leyendas que mi padre me contaba sobre sirenas, peligrosas tempestades y olas gigantes con forma de monstruos marinos que atacaban a los pescadores. Siempre sospeché que se inventaba las historias a medida que las contaba, pero me gustaba oírle crear rimas y canciones que no siempre tenían sentido pero que eran bonitas de escuchar. Por eso, cuando en la escuela me preguntaban cuál era la profesión de mi padre, siempre respondía que era barquero y poeta, porque para mí, era eso.

A veces, llegábamos hasta Sant Feliu de Guixols, donde Joan, un amigo de mi padre, tenía un pequeño restaurante a pie de playa y con la excusa de saludarlo nos quedábamos a comer allí y yo regresaba a casa con algún libro nuevo, una caja de pinturas o una pulsera de colores que el señor Joan, compraba para mí a las artesanas del paseo.

- ¿Cuántos días tiene el año? - preguntaba siempre antes de despedirnos y darme mi regalo.
- Trescientos sesenta y cinco días - respondía yo.
- ¿Y cómo lo sabes?

- Lo sé porque trescientas sesenta y cinco son las curvas que unen - o separan, matizaba Manel - Sant Feliu de Tossa, una por cada día que tiene el año.
- ¿Y tú cómo lo sabes si eres una estrella de mar? - insistía Joan.
- Porque me lo contó un amigo de mi papá. Un señor muy guapo y muy simpático que vive al final de la última curva y que cada vez que me vé, me hace una pregunta que tengo que adivinar.
- ¿Y qué pasa si la adivinas? - se hacía de rogar.
- Que me da el regalo que tiene entre las manos y guarda tras su espalda.
- ¡Si! - gritaba orgulloso y ambos, Manel y Joan, reían mientras yo abría mi regalo antes de subir a la barca de papá y regresar a Tossa de Mar, donde mi madre nos esperaba a pie de playa ansiosa por escuchar las novedades de nuestro día.

Eran meses en los que Helen florecía y yo vivía inmersa en agua salada.

No pude evitar pensar en mi padre, cuando mamá salió por la puerta de mi apartamento después de haber compartido parte de su biografía conmigo. Yo necesitaba conocer los detalles que no había vivido para entender mejor mi propia historia, pero aún me faltaba por averiguar la versión de la tercera pieza en aquella ecuación.

Nunca supe qué fue lo que hizo que me alejara de mi padre, sencillamente sucedió. No hubo dramas ni acontecimientos trágicos que nos distanciasen, fue simplemente la vida. O tal vez fuese yo. Todo fue bien mientras mi madre decidía por mí, mientras era ella la que preparaba las maletas y cargaba el coche de bultos hasta el mes de septiembre, pero a medida que yo cumplía años y mi vida cambiaba de rutina, mis prioridades comenzaron a no ser las mismas y dejé de interesarme en Tossa de Mar.

La universidad me abrió las puertas a un mundo lejos de mi barrio y mis propias rutinas, mientras que los trabajos temporales que compaginaba con mis estudios supusieron mi primera fuente de ingresos. De pronto tenía ante mí ciudades, países y costas lejanas que podía permitirme descubrir y no estaba dispuesta a sacrificar mi tiempo libre por quedarme en un lugar que repetía año tras año las mismas costumbres. Pensaba en mí, no en Manel o en Helen. No veía que Tossa de Mar era algo más que un lugar, era la unión de un amor que se permitió ser libre, de una familia atípica que vivía rodeada de antiguas leyendas y estrellas de mar. Tenía ante mí un gran mapa con cientos de atractivos destinos y tantas ganas de comerme el mundo que me impedían pensar en nada ni nadie más que en mí misma.

No vi la desilusión en los ojos de mi madre cuando le dije que me marchaba a Grecia, Menorca, Marruecos o Estambul, como tampoco escuché el silencio que se hizo en la casa número cuatro de una calle paralela a la playa cuando al otro lado del teléfono mi padre descubrió que el verano de 1998 sería un verano solitario, sin su sirena y su estrella de mar. Porque mi ausencia arrastraba la de mi madre, que no entendía Tossa de Mar sin mí y que a partir de ese momento, dedicó sus vacaciones a pintar los recuerdos de una marea que cada atardecer le devolvieron durante veinte años, a su hija y a su amor.

No pensé en ellos cuando decidí volar y mientras conducía el coche a través de las curvas de La Selva, antes de llegar al que fue mi hogar estival durante veinte años, reflexionaba sobre si me había equivocado al marcharme. Fui egoísta al pensar solo en mí, al pretender que mi padre abandonase su mar, que era su oxígeno, por venir a visitarme. Al ignorar que mi madre perdía sus colores si no regresaba al origen de su libertad, pero fui justa conmigo misma al echar a volar, al escribir mi propia historia, con su música, sus perfume y sus luces. Era mi camino el que tenía frente a mí.

A veces, en el silencio de mi cama, pensaba en mi padre y no entendía cómo pudo resignarse y aceptar mi decisión permitiendo que su hija se alejara de él. No hubiera podido disuadirme, lo sé, yo había tomado la decisión de no sacrificar mi tiempo libre por los deseos ajenos pero hubiese esperado una llamada, un último intento de persuasión por su parte. Pero no lo hizo. Manel, se limitó al silencio y me dejó marchar.

Los años pasaron y la distancia entre nosotros hizo imposible encontrar el camino de regreso a casa. La distancia no hizo el olvido, pero desdibujó el recuerdo de los viajes en barca en los que Manel me aupaba para que no me mojase los pies y yo le devolvía la emoción escuchando atentamente las leyendas de monstruos marinos que él improvisaba sobre la marcha.

Nunca supe si fue desidia o su forma de aceptar mi libertad, <<que las olas te lleven, que las olas te traigan y que jamás te obliguen el camino elegir>>, pero diez años eran mucho tiempo y no sabía qué era lo que me iba a encontrar.

Aparqué el coche después de pasar la segunda rotonda, antes de entrar en la zona peatonal. El olor del mar me recibió al abrir la puerta y los veinte años que pasé en el precioso pueblo de la costa catalana, aparecieron ante mí, con su luz, su música y su sabor a sal. Tossa de Mar era tal y como la recordaba, parecía llevar años esperándome, como el regreso de una hija perdida, la que en cierto modo fuí.

Caminé sin reconocer las puertas ni los comercios pero conociendo el lugar. Nada parecía haber cambiado entre las estrechas calles de un barrio de pescadores con sus paredes blancas y sus puertas de madera. El otoño había llenado el pueblo de una extraña melancolía, o quizás fuese yo. Tossa de Mar era el lugar en el que vivían mis recuerdos soleados, los viajes en la vieja barca de papá, la fiesta de colores en los desayunos de un cocina con baldosas blancas y frías. Nunca imaginé aquel lugar en la tristeza de las hojas caídas, no conocía su aspecto durante las tres estaciones en las que yo no lo visitaba.

Los turistas habían abandonado los hoteles que se disponían a cerrar tras un largo verano de trabajo. La zona peatonal estaba prácticamente vacía y el mar revuelto. Caminé observando como los primeros escaparates encendían sus luces para los pocos transeúntes que aquella mañana de otoño se dedicaban a las labores de su día a día, hasta que pronto reconocí la calle de mis recuerdos, entre el canto de gaviotas y el sonido alborotado de las olas que bañaban la playa en un paseo paralelo.

Faltaban pocos metros para llegar frente a la puerta de madera, en el número cuatro de una calle con paredes blancas y aún no sabía qué iba a decir cuando Manel, mi padre, abriese el portón y se encontrase a su hija después de diez años. Quería conocer cómo había vivido él la particular historia de nuestra familia, por qué aceptó que mi madre se marchase a Barcelona con su hija y por qué me dejó después a mí vivir mi vida lejos de él. Nunca luchó por ninguna de las dos y si lo hizo, yo no entendí sus formas. ¿Cómo empezar aquella conversación? - me preguntaba. No había ido hasta Tossa de Mar para hacerle ningún reproche, quería simplemente saber más de él, comprenderlo si es que podía, volver a quererle si es que alguna vez había dejado de hacerlo.

- Elena...

Manel abrió la puerta de la casa número cuatro y al ver a una joven de treinta y un años embarazada, pronunció mi nombre.

- Hola Manel - Los diez años sin verle me impedían llamarle papá.

- ¿Quieres entrar? - No me preguntó qué me pasaba, qué hacía allí, si me sucedía algo, nada, simplemente aceptó mi presencia como si la hubiese estado esperando, como si supiese que estaba por llegar.

Manel, no había perdido ni un ápice de la magia que lo rodeaba. Caminaba arrastrando leyendas tras de sí, margaritas frescas y un eterno verano. Mirarle a los ojos, fue reconocerme en sus pupilas, rememorar a la niña con el cabello alborotado que se sentaba frente a la mesa de la cocina a desayunar.

La casa número cuatro de una calle paralela a la playa, era tal y como la recordaba. Algo más pequeña quizás. La memoria suele gastar esas bromas, agranda los espacios y endulza los recuerdos. La estancia principal seguía oliendo a verano y a mar, aunque el sol no hubiese salido aquel día. El tiempo se había parado entre aquellas paredes de baldosas blancas. Mi habitación estaba a la izquierda, en la primera puerta nada más entrar. Tenía una ventana que daba a la calle y de pequeña solía saltarla para salir a jugar. Era una casa de planta baja, como la mayoría de las viviendas que ocupan el barrio de pescadores. En realidad, aquella que yo llamaba mi habitación, era el cuarto de Manel, pero cuando mi madre y yo llegábamos en julio, él se mudaba al sofá y nos dejaba su cuarto a las dos.

Aquella habitación no tenía armarios, Manel no los necesitaba, y ninguna lámpara que colgase del techo. Mi padre gestionaba la luz por rincones, espacios y estados de ánimo. La cocina era de piedra, con una pila ancha y honda en la que lo mismo se lavaba la pesca del día o mi madre la llenaba de agua para bañarme y desprenderme del salitre pegado a la piel después de todo un día en el mar. Al verla me vinieron tantos y tan buenos recuerdos... La mesa, que era ya antigua hace veinte años, seguía castigada contra la pared, custodiada por dos sillas de madera que no me parecieron tan altas.

- ¿Quieres un zumo de naranja? - Me preguntó. Él no bebía café, ni té, ni ningún refresco embotellado, enlatado o envasado. Manel bebía solo agua y zumo de naranja natural.
- Si, gracias.

Sacó del cajón un exprimidor manual y despacio, sin mostrar ninguna prisa por hablar o terminar aquello que estaba haciendo, cortó las siete naranjas por la mitad y empezó a exprimirlas una a una hasta llenar los dos vasos de cristal. Me acercó el mío y se sentó a mi lado. Me sentí agusto en el silencio, sobre todo porque no sabía por dónde empezar.

- Será una niña - Eso fue lo primero que le dije, apoyando mis manos sobre la tripa - aún no sé cómo se llamará - Era verdad. Mi abuela insistía para que la llamase Helen, porque a ella eso de Elena no acaba de convencerla y no existía posibilidad de que yo, su única nieta, rompiese la tradición de las mujeres de Norfolk, pero yo no estaba tan segura y cuanto más me presionaba ella más me alejaba yo de la idea de que mi niña heredase su nombre.
- Lo sabrás cuando le veas cara. Nacerá con su propio identidad - Sentenció.

Manel hablaba siempre así, como si tuviese todas las respuesta, como si la vida que vivía fuese la repetición de una vida pasada. Las cosas le sorprendían por su belleza, por la simplicidad de su naturaleza pero no por los misterios que había en ella.

- Su padre no lo sabe - confesé - quiero decir que no sabe que va a tener una hija - sentí que al hacerle cómplice de mi historia, lo acercaba a mí. Como si la repetición de los patrones pasados fuese una tregua en nuestra distancia.
- ¿Tú estás bien? - me preguntó con la sencillez de unas palabras que viajaban más allá de su propio significado.
- Si, la verdad es que estoy llevando bastante bien el embarazo. Apenas tengo molestias y la doctora dice que la niña está perfectamente. - Sabía que no era esa la respuesta que mi padre esperaba. Su pregunta iba más allá.
- Me refería a si estás bien contigo misma - no conseguí engañarlo - sé que me has entendido Elena.

- Sí - respondí en modo contundente - estoy segura de la decisión que he tomado y preparada para hacerme cargo de sus consecuencias.
- Vamos, tu mar te espera.

Me tendió la mano y se la acepté. Era dura, seca, ni siquiera las arrugas conseguían desdibujar la ternura de su piel, la que también tenía su alma, esa en la que me apoyé y me dejar llevar. Cualquier respuesta que buscara, solo la encontraría frente a mi mar.

Caminamos a poca distancia el uno del otro, compartiendo espacio y tiempo. Por fin. Pasamos por delante de la iglesia parroquial de Sant Vicenc, en la que un grupo de niños vestidos con jerseys de punto verde sobre una camisa blanca, unos pantalones grises que apenas superaban sus rodillas magulladas y unos calcetines desiguales en altura, cantaban frente al altar mayor. Las puertas de la iglesia estaban abiertas, desafiando al viento que empezaba a levantarse a través de las calles estrechas y la voz de los niños resonaba en la plaza como un villancico adelantado a su tiempo.

Todo estaba tal cual lo recordaba. Los geranios repartiendo color en las ventanas, el laberinto de calles desordenadas sin una dirección precisa, los restaurantes presumiendo de terrazas, los ancianos descansando en los bancos del paseo, la playa del Codolar delimitando la frontera con el barrio medieval. Nada había cambiado a parte de mí. De pronto sentí que al alejarme de Tossa de Mar me había alejado también de una parte de mi misma y me entristecí por haberme perdido en las responsabilidades de una vida adulta olvidando a la niña que vivía en mí. Me había abrazado a la madurez como símbolo de evolución, creyendo que la inocencia es tan solo una palabra que define la vulnerabilidad, pero me equivocaba al pensar que los años debían cambiar mi parte más ingenua, la que creía en las leyendas marinas y las estrellas de mar.

No podía olvidar el mundo lleno de colores que mi madre había construido para mí, los bailes con los pies descalzos, los zumos de naranja al despertar. No eran solo recuerdos del pasado, eran el perfume de la Elena que siempre fui.

Durante los años que pasaron desde mi último verano hasta mi regreso, mi padre permaneció en Tossa de Mar. Vivió solo pero no en solitario. Manel miraba el mundo como lo hacen los peces desde una pecera de cristal, respirando el poco espacio del que disfrutan, sintiéndose extrañamente afortunados de su nimia libertad. Él, caminaba entre las calles con la suela de las alpargatas desgastada, saludando al paisaje de vecinos que lo acompañaban, con la presencia de su cuerpo envejecido, la fuerza desgastada del joven fuerte que fue, el que aún era, el que nunca se fue.

No compartió su vida, su barca y su pequeña casa, antigua y desamueblada, con nadie que no fuésemos mi madre y yo. Y solo durante los meses de verano. No renunció al amor, porque él amaba mucho y a muchas cosas. Manel amaba el mar por encima y debajo de todo, incluso de una manera sensual, sintiendo un placer tan terrenal que bañaba la orilla de su arena arrastrando las algas, la espuma y las conchas del fondo del mar. Cada huella de su piel, era una marea dibujada en la roca de su cuerpo. Él amaba pero solo se dejaba querer los tres meses que duraban nuestros veranos en Tossa de Mar. Su amor era tan grande, que le bastaba con regalarlo, expandirlo, entregarlo con sumisión, para sentirse satisfecho y también amado. Era sin duda el hombre más interesante que yo podía conocer, a pesar de haberlo alejado de mí y redescubierto años después.

Hay dos tipos de personas en el mundo, las que disfrutan haciendo regalos y las que prefieren recibirlos, del mismo modo que hay personas que son más felices amando que dejándose querer. Desconozco si esta diferencia reside en la actitud activa o pasiva de las personas o si hace referencia a algún tipo de instinto animal, no lo sé. Pero mi padre, pertenece al segundo grupo y eso también lo he heredado de él.

Me he sentido siempre llena de amor, casi desbordada. No he necesitado que nadie me quisiese para sentirme realizada pero mis mejores recuerdos pertenecen a los momentos de mi vida en los que amé a alguien. Pensar en cómo mejorar la existencia de una persona querida, en como hacerle sonreír y soñar, hace que florezca la mejor versión de mi misma, como si mi corazón lleno de amor, liberase la carga que lo oprime permitiéndome un instante de felicidad total.

De igual manera le sucedía a mi padre. Él nunca buscó el amor porque ya lo sentía por mi madre y por mí, aunque solo pudiese disfrutar de ese amor tres meses al año. Ese tiempo le bastaba para alimentar el corazón durante las estaciones de lluvia y frío. Al fin y al cabo, el amor es siempre egoísta y todas las personas buscamos aquello que nos satisfaga de verdad.

Nos perdimos entre las calles del pueblo, de su barrio marinero, sus ruinas romanas y su villa medieval. Tossa de Mar era una postal de tiempo infinito, un pueblo donde las orquídeas nacen de las piedras y los árboles crecen en las rocas. Donde la Vila Vella es *vella* y bella. Tan blanca, tan azul, tan verde, tan inconfundible. Un pueblo que se reconoce con los ojos cerrados, por su olor a eucalipto y el recuerdo de un verano.

Observaba cómo Manel se acercaba a la costa, recorriendo la misma distancia que años atrás hacía yo agarrada de su mano. Por un momento la imagen de mi recuerdo pareció real y vi a mi padre caminar hacia su barca, con la cesta de la pesca en la mano izquierda y su hija a la derecha. El mar se abría ante nosotros como un abrazo y una gaviota apoyada sobre una roca, abría sus alas imitándole el gesto. Vi al fondo, tan vieja como antes, la barca de mi padre, la de mis recuerdos de infancia, la que se colaba entre las estrechas paredes de las cuevas, la que atracaba en Sant Feliu de Guixols para regalarme un amigo, Joan, un libro, una caja de pinturas o una pulsera artesanal. - ¿Cuántos días tiene el año? - aún recordaba su voz - trescientos sesenta y cinco - respondí sin pronunciar palabra.

Me quedé mirando la línea infinita del océano, la inmensidad de su distancias, la vulnerabilidad de una vieja barca de madera que bailaba al son de las olas. Habían pasado tantos años por ella que el tiempo un día decidió pararse en su proa, donde el dibujo de una estrella la iluminaba. La playa la había aceptado como suya, era parte del paisaje, de las fotografías que miles de visitantes colgaban en las paredes de su casa ignorantes de que ese recuerdo era también parte importante de mi historia.

- Me gustaría hacerte una pregunta que nunca antes te he hecho - Mi mar me dio la fuerza para desterrar las incógnitas de mi pasado. Había llegado el momento de que mi padre y yo comenzásemos a hablar.
- Dime - asintió él con total tranquilidad.

- ¿Cómo supiste que mamá estaba embarazada?
- Me lo dijo ella - respondió -.

Manel me contó que mi madre le escribió una carta que olía a mandarina. En una sola página supo explicarle que antes de que terminase el mes, nacería su primera hija. Sería la hija de un barquero poeta y de una joven aventurera que después de mucho buscar había por fin encontrado su camino. Le dijo que juntas vivirían en Barcelona, compartiendo el mismo mar de su padre, respirando el mismo aire salado. Ella, mi madre, era el recuerdo de un verano lleno de colores. Una paleta de emociones que había crecido dentro ella y verían la luz, en la piel de una niña que se llamaría Elena, bella como el sol.

- No te pido nada - le escribió Helen - porque ya me lo has dado todo. Tengo el alma llena, el corazón orgulloso y el futuro que yo decida tener. Nos volveremos a ver, porque nos mueve el mismo mar y porque a partir de ahora tendremos una estrella que será nuestra guía.

Helen escribió aquella carta en Tossa de Mar, mientras observaba a Manel, sin ser vista, trabajar en su barca. Memorizó sus manos, los músculos de sus brazos descubiertos y la mirada marina y marinera que viajaba entre los mares acariciando una rima y un poema. Supo que Manel sería un buen padre porque los sueños se cultivan, los héroes no existen y él, a su modo, desde la distancia, sería la ilusión de un amor eterno, inacabado. Entre ellos no existiría el rencor, no habría cabida para las mentiras, ni la rutina, ni el dolor, ellos serían dos olas que bailan en distintos mares, siempre unidas, siempre distantes.

- No te la quito, no te la doy. Elena es tuya, es mía, es nuestra. Elena es solo suya.

Así terminaba la carta que mi madre coló bajo la ranura de la puerta número cuatro antes de regresar a Barcelona en autobús.

- Por eso hemos dicho siempre que tú eres nuestra estrella de mar. - Confesó Manel - Has sido nuestra guía, la unión de un amor infinito, los cinco brazos que unen nuestra familia. Eres tú quien llena de color los cuadros de tu madre, el faro que alumbra mi camino de regreso a casa.

Las palabras de mi padre hicieron aún más bello el paisaje mediterráneo que tenía frente a mí. Helen y Manel llevaban años viviendo un amor generoso que respetaba el espacio y aceptaba la felicidad ajena como propia. Me sentí afortunada por haber sido parte de la historia, no solo amorosa, sobre todo personal, de dos seres extraordinarios en todos sus aspectos. Fui su estrella de mar, pero ellos fueron mi océano y mi luz.

Sentí que iba llenando los espacios en blanco de mi pasado poco a poco, que recomponía las piezas de un precioso cuadro abstracto de mil colores.

- ¿Me has echado de menos papá? - le pregunté rompiendo el silencio que nos protegía.
- Nunca te fuiste. - respondió él.
- En cierto modo sí - pronuncié en voz baja - ¿por qué me dejaste marchar? ¿por qué no me has buscado durante los últimos diez años?
- Porque amar consiste también en respetar el espacio de las personas que quieres - mi madre se había expresado exactamente igual el día anterior - Entender que el amor no es siempre correspondido y que hay que dejar

que cada uno viva y ame en libertad. Yo no te podía obligar a quererme, no podía obligarte a venir a verme... respeté tu espacio, la libertad de tus decisiones y te amé del modo que consideré mejor, del modo que creí querías tú, desde la distancia.

Cada uno actuamos como consideramos mejor y nos habíamos hecho cargo de las consecuencias. Diez años sin vernos eran demasiados para un malentendido, toda una vida por delante era el tiempo justo para recomponer los pedazos perdidos.

Cuando me subí al coche, dejando atrás algo más que el paisaje de mi infancia me sentí en paz. Una paz nueva, con la cara lavada, sin pliegues ni laberintos escondidos. Había comprendido que la historia de nuestra familia tenía la libertad como una base sólida de respeto y amor. Que las decisiones que Helen y Manel tomaron, fueron generosas con el prójimo, que tener una familia diferente no significaba que fuese peor, al contrario, enriquecía los matices y me regalaba un prisma nuevo con el que ver el mundo con todos sus colores.

Me sentí afortunada, inmensamente afortunada. La belleza no era solo aquel lugar, no residía exclusivamente en las palabras o en los ojos de un padre que por primera vez compartía su historia conmigo y me mostraba su verdad, la belleza era el amor incondicional que Manel y Helen se demostraron. La belleza, era el amor incondicional que ambos me demostraron.

Cuando doblé la última esquina antes de llegar a la oficina la mañana de mi cuarenta cumpleaños, vi a mi padre en pie frente a la puerta del edificio de la Beauty Building Company.

Habíamos quedado para comer a la una junto a Helen y mi hija, por eso me extrañó verlo tan temprano. Aún no eran las nueve.

- Papá... - le dije al verle - ¿ya has llegado? No hemos quedado hasta la una.
- Lo sé Elena, pero quería darte un regalo antes de la comida.

Desde la tarde en la que fui a Tossa de Mar a reencontrarme con él, mi padre se convirtió en una de las personas más importantes con las que compartía el viaje de mi día a día. Su magia, su fantasía, el modo tan suyo de ver la vida, era un perfume de primavera, el olor a mandarina de una carta de amor. Volví a pasar los veranos en la casa número cuatro de una calle paralela al mar y mi hija creció con los pies descalzos, las rodillas llenas de heridas y arena en las orejas. Para ella es Manel, el barquero poeta. No pregunta, le gusta el misterio de su existencia, la compañía del viejo misterioso que la espera a orillas del mar, siempre con una historia nueva en la punta de la lengua, una invención y una estrella de mar. Cada uno de nosotros pertenecemos a un paisaje de nuestra historia y mi padre está siempre rodeado de agua salada.

- El día que te conocí, llovió durante horas - me dijo -. Parecía que el mar había subido al cielo para verte mejor y al ver tu carita se puso a llorar. De pura emoción. Eras tan pequeña... pero brillabas... ¡cómo brillabas Elena! Iluminabas la estancia, el hospital y la mirada de cada una de las personas que se acercaban a tí. Todos querían disfrutar de tu luz, refugiarse de la lluvia a tu lado. Tu madre no pudo elegir un nombre mejor. Elena... - lo pronunció despacio - brillante como el sol.

Mi padre me miraba fijamente, podía recorrer aquel día a través de sus recuerdos, de la expresión profunda de sus ojos. Era un espejo al pasado, al inicio de mis cuarenta años.

- Supe al instante - continuó- que tú eras la estrella que me había guiado durante todos estos años. No eras una leyenda, eras real y al llegar a casa, escribí un poema que he guardado durante todo este tiempo. No supe si te lo daría, si llegaría ese momento perfecto, pero esta mañana el mar estaba revuelto y al acercarme a la playa he visto a la vieja barca cansada de luchar contra la marea. Hoy no era un buen día para salir a navegar y al llegar a casa he entendido que sin mi faro, no podría llegar a ningún lugar. Por eso estoy aquí, buscando mi luz, recordando que tú, querida Elena, eres mi estrella de mar.

Sacó un papel doblado del bolsillo de su pantalón y lo puso en mi la mano. Me besó en la mejilla mientras me acariciaba el pelo y antes de marcharse, me susurró al oído, como lo hizo cuarenta años atrás.

- Para tí hija. ¡Feliz cumpleaños!

En pie, frente a la puerta de mi oficina, cuando faltaban tan solo dos minutos para las nueve de la mañana, abrí el papel que mi padre había dejado sobre mi mano y leí:

La luz de mi estrella
infinita y fugaz.
Mi niña, mi vela
mi juego de azar.

Las olas te traen,
las olas te llevan,
te acunan, te cantan,
te quieren mimar.

Tú eres mi estrella,
tú eres mi mar.
Tú eres Elena
mi sentido de amar.

- Mamá, mamá... ¡pide un deseo!

Cuando terminamos de comer, mi hija salió de la cocina del restaurante con una tarta de zanahoria, mi preferida. Sobre su forma circular, no había ninguna felicitación con mi nombre pero sí dos velas grandes, casi tan grandes como la tarta en sí. A la izquierda el número cuatro, a su derecha, acompañándolo, un cero. Era mi cuarenta cumpleaños y lo estaba celebrando rodeada de las personas más importantes de mi vida, las únicas que contaban de verdad. Mi madre, mi padre y mi hija.

Había tenido una mañana ajetreada de encuentros inesperados. Había recorrido los rincones de mi pasado. Las lecciones aprendidas de una vida maravillosa me habían llevado hasta el lugar en el que estaba. Cada paso, cada equivocación, cada lágrima y cada alegría, eran parte de mí y yo me sentía orgullosa. Mirar atrás aquella mañana no me hizo daño, fue como sacar un viejo álbum de fotos y recordar con cariño la persona que fui. Si volviese atrás repetiría cada paso, no habría nada, absolutamente nada que quisiese cambiar. Mi historia era esa, no necesitaba ser reescrita.

- Mamá, mamá... ¡Pide un deseo! - reclamaba mi hija.

Mi madre me miraba con la satisfacción del trabajo bien hecho, mientras mi padre recordaba la primera vez que me vio la cara, en la cuna del hospital y pensaba que su mejor poema, era y siempre sería yo.

-   Mamá, mamá... ¡Pide un deseo!

Mi hija era una maravillosa niña de ocho años que vivía rodeada de amor. Ella nació libre, como lo hice yo y sería aquello que quisiera ser. Nosotras, su abuela, su abuelo y yo, seremos testigos de excepción, personajes secundarios en primera fila de acción, pero ella será siempre nuestra escritora favorita, la directora de una vida de la que ella misma será protagonista.

-   Mamá, mamá... ¡Pide un deseo!

Mi deseo ya se cumplió.

NOTAS DE LA AUTORA

En esta historia, se encuentran pequeños guiños en forma de anécdotas, personajes, lugares y nombres propios que hacen referencia a personas que quiero o que en algún momento fueron importantes en mi vida. (os reconoceréis leyendo).

Gracias por acompañarme en el viaje. Sois parte de mi historia, de las tantas esquinas que tiene mi pasado.

Gracias a todas las personas que me habéis acompañado en el maravilloso viaje de La Castañera. Me habéis hecho creer que este sueño es posible.

Sin vuestro apoyo nunca hubiese comenzado a escribir una segunda historia.

Gracias.

Alaitz Arruti, Bilbao 1985.

Después de abandonar su ciudad natal para embarcarse en una aventura de viajes y emigración que le llevaron a recorrer varios países y residir en diversas ciudades tanto en España como en el Reino Unido, Alaitz Arruti, se establece finalmente en Italia, lugar en el que decide respirar y escribir.

Las cuatro esquinas de mi pasado es su segunda novela. En el año 2016 publicó su ópera prima, *La Castañera*.

https://www.facebook.com/alaitzarrutiescritora
http://laexpresioncompartida.blogspot.com

Printed in Great Britain
by Amazon